La memoria

71

il sogno ✳ p. 11

dall'altra parte ✳ p. 11

il filo dell'o. p. 13

Antonio Tabucchi

Donna di Porto Pim
e altre storie

Sellerio editore
Palermo

1983 © Sellerio editore via Siracusa 50 Palermo
1997 Quattordicesima edizione

Donna di Porto Pim
e altre storie

Prologo

Ho molto affetto per gli onesti libri di viaggio e ne sono sempre stato un assiduo lettore. Essi posseggono la virtù di offrire un *altrove* teorico e plausibile al nostro *dove* imprescindibile e massiccio. Ma una elementare lealtà mi impone di mettere in guardia chi si aspettasse da questo piccolo libro un diario di viaggio, genere che presuppone tempestività di scrittura o una memoria inattaccabile dall'immaginazione che la memoria produce – qualità che per un paradossale senso di realismo ho desistito dal perseguire. Giunto a un'età in cui mi pare più dignitoso coltivare illusioni che velleità, mi sono rassegnato al destino di scrivere secondo la mia indole.

Premesso questo sarebbe però disonesto spacciare queste pagine per pura finzione: la musa che le ha dettate, di un genere confidenziale e direi quasi tascabile, non è paragonabile neppure alla lontana con quella maestosa di Raymond Roussel che fu capace di scrivere le sue *Impressions d'Afrique* senza scendere dal suo yacht. Effettivamente io ho messo piede a terra e questo libretto trae origine, oltre che dalla mia disponibilità alla menzogna, da un periodo di tempo passato nelle isole Azzorre. Suoi argomenti sono fondamentalmente le balene, che più che animali sembrerebbero metafore; e insieme i naufragi, che nella loro accezione di atti mancati e fallimenti sembrerebbero altrettanto metaforici. Il rispetto che sento per le immaginazioni che concepirono Giona e il capitano Achab mi preserva per fortuna dalla pretesa di insinuarmi, con la letteratura, fra i miti e i fantasmi che popolano il nostro immaginario. Se ho parlato di balene e di naufragi è solo perché alle Azzorre essi godono di una inequivocabile concretezza.

In questo volumetto ci sono tuttavia due storie che non sarebbe del tutto improprio definire finzione. La prima storia è, nei suoi fatti sostanziali, la vita di Antero de Quental, grande e infelice poeta che misurò gli abissi dell'universo e dell'animo umano col breve compasso del sonetto. Devo al suggerimento di Octavio Paz che i poeti non abbiano biografia e che la loro opera sia la loro biografia, l'averla raccontata come se si trattasse di una vita immaginaria. Del resto le vite che si persero per via, come quella di Antero, sono forse quelle che meglio tollerano di essere narrate secondo i canoni dell'ipotetico. Alle confidenze di un uomo che suppongo di aver incontrato in una taverna di Porto Pim devo invece la storia che conclude il volume. Non escludo di averla modificata con le aggiunte e le ragioni proprie della presunzione di chi crede di trarre dalla storia di una vita il senso di una vita. Forse costituirà un'attenuante confessare che in quel locale si consumavano bevande alcoliche in abbondanza e che mi parve indelicato sottrarmi alla consuetudine vigente.

Il frammento di storia intitolato *Piccole balene azzurre che passeggiano alle Azzorre* lo si può invece considerare una finzione guidata, nel senso che è stato suggerito alla mia immaginazione da un brano di conversazione ascoltato per caso. Neanche io conosco il prima e il dopo della storia. Presumo si tratti di una sorta di naufràgio: da ciò l'essere incluso nel capitolo in cui è incluso.

Il pezzo intitolato *Sogno in forma di lettera* è dovuto in parte a una lettura di Platone e in parte al rollio di una lenta corriera che andava da Horta a Almoxarife. Può darsi che nel passare dallo stato di sogno allo stato di testo abbia subìto cattive alterazioni, ma ciascuno ha il diritto di trattare i propri sogni come meglio crede. Al contrario le pagine intitolate *Una caccia* non aspirano a essere più che una cronaca e rivendicano l'unica virtù di essere fededegne. Similmente molte altre pagine, e mi sembra superfluo dire quali, sono mere trascrizioni del reale o di ciò che altri scrissero. Infine lo scritto intitolato *Una balena vede gli uomini*, al di là di un mio vecchio vizio di spiare le cose dall'altra parte, si ispira senza dissimulazione a una poesia di Carlos Drummond de Andrade, che prima e meglio di me ha saputo vedere gli uomini attraverso

11

gli occhi penosi di un lento animale. E a Drummond quel testo è umilmente dedicato, anche in ricordo di un pomeriggio a Ipanema in cui, in casa di Plínio Doyle, egli mi parlò della sua infanzia e della cometa di Halley.

Vecchiano, 23 settembre 1982

Esperidi. Sogno in forma di lettera

Dopo avere veleggiato per molti giorni e per molte notti, ho capito che l'Occidente non ha termine ma continua a spostarsi con noi, e che possiamo inseguirlo a nostro piacimento senza raggiungerlo mai. Così è il mare ignoto che sta oltre le Colonne, senza fine e sempre uguale, dal quale emergono, come la piccola spina dorsale di un colosso scomparso, piccole creste di isole, nodi di roccia perduti nel celeste.

La prima isola che s'incontra, vista dal mare è una distesa di verde e nel mezzo vi brillano frutti come gemme, e a volte strani uccelli dalle piume purpuree si confondono con essi. Le coste sono impervie, di nera roccia abitata da falchi marini che piangono quando cala il crepuscolo e che svolazzano inquieti con aria di pena sinistra. Le piogge sono abbondanti e il sole impietoso: e per questo clima e per la terra nera e ricca gli alberi sono altissimi, i boschi lussureggianti e i fiori abbondano: grandi fiori azzurri e rosa, carnosi come frutti, che non ho mai visto in nessun altro luogo. Le altre isole sono più rocciose, ma sempre ricche di fiori e di frutti; e gran parte del loro sostentamento gli abitanti lo traggono dai boschi: e il resto dal mare, che ha acque tiepide e ricche di pesci.

Gli uomini sono chiari, con gli occhi attoniti come se vi aleggiasse lo stupore di uno spettacolo visto e dimenticato, sono silenziosi e solitari, ma non tristi, e ridono spesso e di niente come fanciulli. Le donne sono belle e altere, con gli zigomi prominenti e la fronte ampia, camminano con le brocche sulla testa e nel discendere le ripide scalinate che portano all'acqua niente del loro corpo si muove, sì che sembrano statue cui qualche dio abbia donato l'andare. Questa gente non ha re, e non conosce le caste. Non esistono i guerrieri, perché non hanno necessità di fare guerre, non avendo vicinanti; hanno sacerdoti, ma in forma molto speciale che avanti ti dirò, e ciascuno può diventarlo, anche il più umile contadino e il mendicante. Il loro Panteon non è abitato da dèi come i nostri che presiedono al cielo, alla terra, al mare, agli inferi, ai boschi, alle messi, alla guerra e alla pace e alle cose degli uomini. Sono invece dèi dell'animo, del sentimento e delle passioni; i principali sono in numero di nove, come le isole, e ciascuno ha il suo tempio in un'isola differente.

Il dio del Rimpianto e della Nostalgia è un bambino dal volto di vecchio. Il suo tempio sorge nell'isola più lontana, in una valle difesa da monti impervi, vicino a un lago, in una zona desolata e selvaggia. La valle è sempre coperta da una bruma lieve come un velo, ci sono alti faggi che il vento fa mormorare ed è un luogo di una grande malinconia. Per arrivare al tempio è necessario percorrere un sentiero scavato nella roccia che assomiglia al letto di un torrente scomparso: e cammin facendo si incontrano strani scheletri di enormi e ignoti animali, forse pesci o forse uccelli; e conchiglie; e pietre rosate come la madreperla. Ho chiamato tempio una costruzione che dovrei piuttosto chiamare tugurio: perché il dio del Rimpianto e della Nostalgia non può abitare in un palazzo o in una casa sfarzosa, ma in una dimora povera come un singhiozzo che sta fra le cose di questo mondo con la stessa vergogna con cui una pena segreta sta nel nostro animo. Perché questo dio non concerne solo il Rimpianto e la Nostalgia, ma la sua deità si estende a una zona dell'animo che ospita il rimorso, la pena per ciò che fu e che non dà più pena ma solo la memoria della pena, e la pena per ciò che non fu e che avrebbe potuto essere, che è la pena più struggente. Gli uomini vanno da lui vestiti di miseri sacchi e le donne coperte da scuri mantelli; e tutti sono in silenzio e a volte si sente piangere, nella notte, quando la luna illumina d'argento la valle e i pellegrini distesi sull'erba che cullano il rimpianto della loro vita.

Il dio dell'Odio è un piccolo cane giallo dall'aspetto macilento, e il suo tempio sorge in una minuscola isola che ha forma di cono: e per raggiungerla sono necessari molti giorni e molte notti di viaggio; e solo l'odio vero, quello che gonfia il cuore in modo intollerabile e che comprende l'invidia e la gelosia, può indurre gli infelici a una traversata così disagevole. C'è poi il dio della Follia e quello della Pietà, il dio della Magnanimità e quello dell'Egoismo: ma io non li ho mai visitati e di essi ho udito solo vaghi e fantasiosi racconti.

Del loro dio più importante, che mi pare padre di tutti gli dèi e del cielo e della terra, ho avuto racconti molto diversi e non ho potuto vedere il suo tempio né accostarmi alla sua isola; non perché gli stranieri non vi siano tollerati, ma perché anche i cittadini di questa repubblica possono accedervi solo dopo aver raggiunto una disposizione dell'animo che si consegue raramente – e poi non fanno più ritorno. Nella sua isola sorge un tempio che gli abitanti di questi luoghi denominano in un modo che potrei tradurre « Le Mirabili Dimore », ed esso consiste in una città tutta virtuale, nel senso che non esistono gli edifici ma solo la loro pianta tracciata sul terreno. Tale città ha la forma di una scacchiera circolare e si estende per miglia e miglia: e ogni giorno i pellegrini con un semplice gesso muovono gli edifici a loro piacimento come se fossero scacchi, così che la città è mobile e variabile, e la sua fisionomia muta continuamente. Al centro della scacchiera sorge una torre in cima alla quale posa un'enorme sfera dorata, che ricorda vagamente il frutto che abbonda nei giardini di queste isole. E questa sfera è il dio.

Non mi è stato possibile scoprire chi sia esattamente questo dio: le definizioni che mi sono state date finora sono imprecise e reticenti, e forse poco comprensibili per lo straniero. Arguisco che esso abbia relazione con l'idea della completezza, della pienitudine e della perfezione: un'idea altamente astratta e poco comprensibile dall'intelletto umano. Ed è per questo che io ho pensato trattarsi del dio della Felicità: ma la felicità di chi ha compreso così pienamente il senso della vita che per lui la morte non ha più nessuna importanza; ed è per questo che i pochi eletti che vanno a onorarlo non fanno più ritorno. A veglia di questo dio è posto un idiota dal volto ebete e dalla favella sconnessa, che forse col dio è in contatto per misteriose vie ignote alla ragione. Quando io ho manifestato il desiderio di rendergli omaggio la gente ha sorriso di me, e con aria di profondo affetto che forse conteneva una punta di compatimento mi ha baciato sulle guance.

Invece ho reso omaggio anch'io al dio dell'Amore, il cui tempio sorge su un'isola che ha spiagge bionde e arcuate, sulla rena chiara lambita dal mare. E l'immagine del dio non è un idolo né qualcosa di visibile, ma un suono, il puro suono dell'acqua marina che viene fatta entrare nel tempio attraverso un canale scavato nella roccia e che si frange in una vasca segreta: e quivi, per la forma delle pareti e l'ampiezza della costruzione, il suono si riproduce in un'eco infinita che rapisce chi lo sente e dà una sorta di ebbrezza o di intontimento. E a molti e strani effetti si espone chi onora questo dio, perché il suo principio comanda la vita, ma è un principio bizzarro e capriccioso; e se è vero che esso è l'anima e la concordia degli elementi, può anche produrre illusioni, vaneggiamenti e visioni. E io ho assistito in quest'isola a spettacoli che mi hanno turbato per la loro verità innocente: tanto che ho avuto il dubbio se tali cose esistessero davvero o se non fossero piuttosto fantasmi del mio sentimento che uscivano da me e prendevano parvenza reale nell'aria perché mi ero esposto al suono stregato del dio: e così pensando ho imboccato un sentiero che porta al punto più alto dell'isola, da dove si può vedere il mare da ogni lato. E allora mi sono accorto che l'isola era deserta, che non c'era nessun tempio sulla spiaggia e che le figure e i vari volti dell'amore che io avevo visto come quadri viventi e che comprendono molteplici gradazioni dell'animo come l'amicizia, la tenerezza, la gratitudine, l'orgoglio e la vanità; tutti questi volti, che io credevo di aver visto in forme umane, erano solo miraggi provocati in me da chissà quale sortilegio. E così sono arrivato proprio sulla cima del promontorio e mentre, osservando il mare infinito, già stavo abbandonandomi allo sconforto che provoca il disinganno, una nube azzurra è calata su di me e mi ha rapito in un sogno: e io ho sognato che ti scrivevo questa lettera, e che io non ero il greco che salpò a cercare l'Occidente e non fece più ritorno, ma che lo stavo solo sognando.

I

Naufragi, relitti, passaggi, lontananze

Piccole balene azzurre
che passeggiano alle Azzorre.
Frammento di una storia

Mi deve tutto, disse l'uomo con foga, tutto: i soldi e il successo. L'ho fatta io, l'ho plasmata con queste mani, posso dire. E così dicendo si guardò le mani aprendo e chiudendo le dita in un gesto strano, come se volesse afferrare un'ombra.

Il battellino cominciò a cambiare direzione e una folata di vento scompigliò i capelli della donna. Non dire così, Marcel, ti prego, mormorò guardandosi le scarpe, abbassa la voce, ci stanno osservando. Era bionda e portava dei grossi occhiali da sole con le lenti sfumate. L'uomo ebbe un piccolo scatto con la testa, un sintomo di fastidio. Tanto non capiscono, replicò. Buttò in mare il mozzicone di sigaretta e si toccò la punta del naso come per scacciare un insetto. Lady Macbeth, disse con ironia, la grande tragica. Sai come si chiamava il posto dove la trovai io?, si chiamava « La Baguette », e lei non faceva propriamente la Lady Macbeth, lo sai cosa faceva? La donna si tolse gli occhiali e li strusciò nervosamente alla camicetta. Per favore, Marcel, disse. Mostrava il sedere a una platea di vecchi viziosi, la

21

grande tragica, ecco cosa faceva. Si scacciò di nuovo l'invisibile insetto dalla punta del naso. E io ho ancora le fotografie, disse.

Il marinaio che faceva il giro dei biglietti si fermò davanti a loro e la donna rovistò nella borsetta. Chiedigli quanto tempo ci vuole ancora, disse l'uomo, mi sento male, questa bagnarola mi fa rovesciare lo stomaco. La donna si industriò a formulare la domanda in quella lingua strana e il marinaio rispose sorridendo. Circa un'ora e mezzo, tradusse lei, il battello fa una sosta di due ore e poi torna indietro. Si infilò di nuovo gli occhiali e si aggiustò il foulard. Le cose non sono sempre come ci sembrano, disse. Quali cose?, chiese lui. Lei fece un sorriso vago. Le cose, disse. E poi continuò: pensavo a Albertine. L'uomo fece una smorfia come di impazienza. Albertine, disse come se soppesasse il nome, Albertine. Lo sai come si chiamava la grande tragica ai tempi della « Baguette »? Si chiamava Carole, Carole Don-Don. Carino, eh? Si girò verso il mare con aria offesa e uscì in una piccola esclamazione: guarda!, e indicò col dito verso il mezzogiorno. La donna si voltò e guardò anche lei. All'orizzonte si vedeva il cono verde dell'isola che emergeva netto dall'acqua. Stiamo arrivando, disse l'uomo tutto contento, secondo me ci vuole meno di un'ora e mezzo. Poi strizzò gli occhi e si appoggiò al parapetto. Ci sono anche degli scogli, aggiunse. Mosse il braccio verso sinistra e indicò due escrescenze turchine, come due cappelli posati sull'acqua.

Che brutti scogli, disse, sembrano dei cuscini. Non li vedo, disse la donna. Là, un po' più a sinistra, proprio di fronte al mio dito, li vedi?, fece Marcel. Passò il braccio destro sulla spalla della donna, tenendo la mano puntata in avanti. Proprio in direzione del mio dito, ripeté.

Il bigliettaio si era seduto su una panca vicino al parapetto, aveva finito il suo giro e stava osservando i loro movimenti. Forse intuì il significato della conversazione, perché si avvicinò sorridendo e parlò alla donna con aria divertita. Lei ascoltò con attenzione e poi esclamò: nooo!, e si portò una mano alla bocca con aria birichina e infantile, come per reprimere una risata. Cosa dice?, chiese l'uomo con l'aria leggermente stolida di chi non segue una conversazione. La donna rivolse al bigliettaio uno sguardo di complicità. Le ridevano gli occhi e era molto bella. Dice che non sono scogli, disse tenendo in sospeso di proposito quello che aveva saputo. L'uomo la guardò con aria interrogativa e forse un po' seccata. Sono piccole balene azzurre che passeggiano alle Azzorre, esclamò lei, ha detto proprio così. E finalmente liberò la risata trattenuta, una piccola risata breve e squillante. Improvvisamente cambiò espressione e si ravviò i capelli che il vento le buttava sul viso. Sai che all'aeroporto ho scambiato un altro per te?, disse palesando candidamente la sua associazione di idee. Non aveva nemmeno la tua corporatura e portava una camicia incredibile che tu non avresti messo neppure per carnevale, non è strano? L'uomo fece un gesto con la mano per chiedere la parola: sono rimasto in albergo, lo sai, la scadenza si avvicina e il testo è ancora da rivedere. Ma lei non lasciò che la interrompesse. Dev'essere perché ho pensato molto a te, continuò, a queste isole, al sole. Ora parlava quasi sottovoce, come se parlasse a se stessa. Non ho fatto altro che immaginarti, in tutto questo tempo, ha piovuto sempre, ti vedevo seduto su una spiaggia, credo che sia stato troppo lungo. L'uomo le prese una mano. Anche per me, disse, ma sulle spiagge ci sono stato poco, più che altro ho visto la macchina da scrivere. E poi piove anche qui, altro che, non crederesti come, a scrosci. La donna sorrise. Non ti ho neanche chiesto se ce l'hai fatta, e pensare che se contasse la teoria avrei scritto dieci commedie anch'io, a forza di immaginare la tua: dimmi com'è, non reggo più la curiosità. Oh, diciamo che è una rilettura di Ibsen in chiave brillante, disse lui senza nascondere un certo entusiasmo, brillante ma un po' acida, come sono le mie cose, e dalla parte di lei. In che senso?, chiese la donna. Oh be', disse l'uomo con convinzione, intanto mi pare che da come tira il vento sia opportuno vedere le cose dalla parte di lei, se voglio che se ne parli, anche se non l'ho scritta per questo motivo, evidentemente. La storia in fondo è banale, è la fine di un rapporto, ma tutte le storie sono banali, l'importante è il punto di vista, e io salvo la donna, è lei la vera protagonista, lui è egoista e mediocre, non si rende nemmeno conto di cosa sta perdendo, capisci?

La donna annuì. Penso di sì, disse, non ne sono sicura. Comunque ho scritto altre cose, riprese lui, queste isole sono una noia mortale, per passare il tempo non resta altro che scrivere. E poi volevo misurarmi con una dimensione diversa, è tutta la vita che scrivo finzione. A me sembra più nobile, disse la donna, almeno è più gratuita, e dunque, come dire?, più leggera... Oh sì, rise l'uomo, la delicatezza: *par délicatesse j'ai perdu ma vie.* Ma a un certo punto bisogna avere il coraggio di misurarsi con la realtà, almeno con la realtà della nostra vita. E poi, guarda, la gente è assetata di vita vissuta, è stanca della fantasia di romanzieri senza fantasia. La donna chiese piano piano: sono memorie? C'era una vibrazione leggermente ansiosa nella sua voce sommessa. Una specie, disse lui, ma sottratte all'elaborazione dell'interpretazione e del ricordo; i fatti nudi e crudi: sono questi che contano. Farà scandalo, disse la donna. Diciamo che se ne parlerà, corresse lui. La donna rimase un po' sovrappensiero. Hai già il titolo?, chiese. Forse *Le regard sans école,* disse lui, che te ne pare? Mi pare spiritoso, disse lei.

Il battello fece una virata molto ampia e si mise a costeggiare l'isola. Dalla piccola ciminiera uscivano sbuffi di fumo scuro con un forte odore di nafta e il motore aveva assunto un ritmo pacato, come se andasse per compiacenza. Ecco perché ci vuole tanto tempo, disse l'uomo, il pontile dev'essere dall'altra parte dell'isola.

Sai Marcel, riprese la donna come inseguendo

25

una sua idea, quest'inverno sono stata molto con Albertine. Il battello procedeva con delle piccole scosse, come se il motore si stesse inceppando. Passarono davanti a una chiesetta proprio sulla riva del mare e erano così vicini che potevano quasi decifrare la fisionomia della gente che stava entrando in chiesa. Le campane che chiamavano alla messa della domenica avevano un suono stonato, come zoppicante.

Che cosa?! L'uomo si scacciò il suo invisibile insetto dalla punta del naso. Ma cosa stai dicendo?, disse. Sul suo volto c'era stupore e un grande disappunto. Ci siamo fatte molta compagnia, spiegò lei. È importante farsi compagnia, nella vita, non ti sembra? L'uomo si alzò e si appoggiò al parapetto, poi si sedette di nuovo sulla poltrona. Ma cosa stai dicendo, ripeté, sei diventata matta? Sembrava molto inquieto e non riusciva a star fermo con le gambe. È una donna infelice e generosa, disse lei sempre seguendo il suo ragionamento, credo che ti abbia voluto molto bene. L'uomo allargò le braccia in un gesto sconsolato e mormorò qualcosa di incomprensibile. Senti, lasciamo perdere, disse infine con sforzo, e poi guarda, stiamo arrivando.

Il battellino stava preparandosi all'attracco. Due uomini in canottiera, a poppa, srotolavano il cavo di ormeggio e gridavano delle frasi all'indirizzo di un terzo uomo in piedi sul pontile che li guardava con le mani sui fianchi. Una piccola folla di parenti stava aspettando i passeggeri e faceva cenni di saluto. In prima fila c'erano due vecchiette col fazzoletto nero e una bambina vestita da prima comunione che saltellava su un piede.

E per la commedia, chiese ad un tratto la donna come se si fosse ricordata all'improvviso di una domanda dimenticata, ce l'hai il titolo per la commedia?, non me l'hai detto. Il suo compagno stava sistemando dei giornali e una piccola macchina fotografica in una borsa con la sigla di una compagnia aerea. Ne ho pensati cento e li ho scartati tutti, disse restando abbassato sulla borsa, non ce n'è uno che calzi a pennello, ci vuole un titolo arguto ma anche molto orecchiabile per una cosa come questa. Si rialzò e nel suo sguardo si accese una vaga espressione di speranza. Perché?, chiese. Niente, disse lei, così, pensavo a un titolo possibile, ma forse è troppo frivolo, stonerebbe in un cartellone impegnativo, e poi non c'entra niente con l'argomento, risulterebbe del tutto incongruo. Ma insomma, supplicò lui, toglimi almeno la curiosità, magari è geniale. Sciocchezze, disse lei, è un'idea assolutamente peregrina.

I passeggeri si accalcarono verso l'uscita e Marcel fu risucchiato dalla folla che premeva. La donna si tenne in disparte, sorreggendosi alla corda del parapetto. Ti aspetto sul molo, gridò lui senza voltarsi, devo seguire la corrente! Alzò un braccio fra la selva di teste, agitando la mano. Lei si appoggiò al parapetto e si mise a guardare il mare.

Altri frammenti

Nell'aprile del 1839 due cittadini britannici sbarcarono nell'isola di Flores, che assieme a Corvo è l'isola più sperduta e solitaria dell'arcipelago delle Azzorre. Li conduceva la curiosità, che è sempre un'ottima guida. Approdarono a Santa Cruz, un villaggio situato nell'estremità settentrionale dell'isola, che possedeva un piccolo porto naturale e che anche oggi è il luogo più sicuro per sbarcare a Flores. Da Santa Cruz intrapresero un viaggio costiero, a piedi e in palanchino, fino a Lajes de Flores, distante una quarantina di chilometri, perché volevano vedere una chiesa che i portoghesi vi avevano costruito nel Seicento. Il palanchino, che otto uomini del luogo portavano a spalle, era ricavato dalla vela di un vascello, e dalla descrizione dei viaggiatori sembrerebbe piuttosto un'amaca attaccata a due pali.

Come tutte le altre isole dell'arcipelago, Flores è di formazione vulcanica, ma a differenza di São Miguel o di Faial, ad esempio, che posseggono spiagge chiare e boschi verdissimi, essa è un lastrone di lava nera in mezzo all'oceano. Sul vulcano cresce bene il fiore, come direbbe Bécquer; i due inglesi attraversarono un paesaggio incredibile: una lastra di lavagna fiorita che improvvisamente si spalancava in paurosi abissi, in dirupi, in scoscese falesie sul mare. A metà del viaggio si fermarono per passare la notte in un paesino di pescatori. Era un minuscolo villaggio arroccato in cima a una falesia, e i viaggiatori ne tacciono il nome: non per disattenzione, credo, dato che la loro narrazione è sempre puntuale ed esauriente, ma forse perché esso non possedeva un nome. Con tutta probabilità si chiamava semplicemente *Aldeia*, che vuol dire « villaggio », ed essendo l'unico luogo abitato nel raggio di molti chilometri gli bastava, quale nome proprio, un nome d'antonomasia. Da lontano esso parve loro grazioso e di ordinata geometria, come sono sovente i piccoli paesi dei pescatori. Le abitazioni, tuttavia, sembravano di forma bizzarra. Quando entrarono in paese capirono il perché. Quasi tutte le case avevano per facciata la prua di un vascello: erano case a pianta triangolare, alcune di un legno pregiato, la cui unica parete in pietra era quella che chiudeva i due lati del triangolo. Alcune erano case bellissime, raccontano gli attoniti inglesi, il cui interno poco aveva di casa perché le suppellettili – lanterne, sedili, tavoli e perfino letti – quasi tutto era stato preso dal mare. Molte avevano oblò che fungevano da finestre e poiché guardavano lo strapiombo e il mare sottostante pareva di stare in un vascello approdato in cima a una montagna. Quelle case erano costruite coi resti dei naufragi che le scogliere di Flores e di Corvo hanno offerto per secoli alle navi di passaggio. Gli inglesi trovarono ospitalità in una casa sulla cui facciata spiccavano in bianco le lettere THE PLYMOUTH BALTIMORE, e forse ciò li aiutò a sentirsi quasi a casa loro. Di fatto passarono una notte ristoratrice e l'indomani ripresero il viaggio nella vela.

I due viaggiatori si chiamavano Joseph e Henry Bullar, e il loro viaggio merita di essere riferito.

Nel novembre del 1838 il medico londinese Joseph Bullar, che aveva tentato con scarso successo sul fratello Henry le terapie allora conosciute contro la tisi, all'aggravarsi del male di Henry decise di intraprendere un viaggio con lui fino all'isola di São Miguel. Nonostante la lontananza e l'enorme solitudine, São Miguel era, fra tutte le isole calde dell'Atlantico, l'unica che assicurasse una costante comunicazione con l'Inghilterra. Durante la stagione delle arance, cioè da novembre a maggio, si poteva scrivere in Inghilterra ogni settimana ricevendo la risposta dopo una ventina di giorni, perché il veliero che portava le arance in Inghilterra effettuava anche un servizio postale. São Miguel era allora un enorme aranceto grande quanto la sua estensione e gli aranci arrivavano fino alle rive del mare.

Dopo un viaggio abbastanza agitato sul veliero delle arance, i due fratelli arrivarono a Ponta Delgada nel dicembre del 1838 e si trattennero a São

Miguel fino all'aprile del 1839. È da supporre che la salute di mister Henry fosse alquanto migliorata se in quella data i due fratelli decisero di imbarcarsi su piccoli velieri di pescatori e di visitare le Azzorre centrali e occidentali. Della loro permanenza nell'arcipelago, specialmente a Faial, a Pico e nella sperduta Corvo, risultò uno splendido diario di viaggio che nel 1841, ritornati a Londra, i fratelli Bullar pubblicarono per le stampe di John van Voorst: *A Winter in the Azores and a Summer at the Furnas*. Oggi lo si legge con ammirazione e stupore, ma tutto sommato le cose alle Azzorre non sono poi così cambiate.

Le *almas* o *alminhas*: anime, o animucce. Una croce su un cubo di pietra con in mezzo una mattonella azzurra e bianca che raffigura San Michele. Il due di novembre le anime appaiono, perché San Michele le pesca dal purgatorio con una corda. Ci vuole una corda per ogni anima. São Miguel è piena di croci, e dunque di anime che si aggirano sulle scogliere, sugli strapiombi, sulle spiagge di lava dove il mare infuria. La sera tardi o la mattina molto presto, a fare bene attenzione, si possono sentire le loro voci. Sono lamenti confusi, litanie e sussurri che se si è scettici o distratti è facile scambiare per il rumore del mare o il grido degli avvoltoi. Molte sono anime di naufraghi.

Qui si infransero le prime navi dei portoghesi partite in esplorazione, i vascelli pirati di Sir Walter

Raleigh e dell'Earl di Cumberland, la flotta spagnola di don Pedro de Valdez che voleva annettere le Azzorre alla corona filippina. In verità gli spagnoli riuscirono a sbarcare e il loro naufragio si consumò a Terceira, nel 1581, nella battaglia della Salga. Gli azzorriani attesero l'esercito spagnolo dall'alto di un colle e gli lanciarono addosso mandrie di tori infuriati che lo travolsero. Fra i combattenti c'erano Cervantes e Lope, che ricordò la selvaggia battaglia in una quartina.

E poi vennero i naufragi alla moda, che facevano notizia sui giornali o sui rotocalchi. Erano le peripezie di viaggiatori ricchi e bizzarri che si facevano fotografare sulle loro barche di lusso quando partivano da New York o da New Bedford. Riccioli platinati al vento, blazers con bottoni dorati, foulards. Il tappo dello champagne è saltato e il vino spumeggia fuori della bottiglia. Si immaginano fox-trot e altre musichette. Le barche hanno nomi estrosi come le vite dei loro proprietari: « Ho Ho », « Anahita », « Banana Split ». Buon viaggio, signori, augura una dimenticabile autorità cittadina venuta a tagliare l'ormeggio con forbici d'argento.

Anche il mondo sta naufragando, ma essi non sembrano accorgersene.

Alla fine dell'Ottocento Alberto I, principe di Monaco, passò da queste isole a bordo della sua « Hirondelle ». In questi mari realizzò molti dei suoi eccellenti studi oceanografici, si immerse nelle acque più profonde con lo scafandro, catalogò molluschi sconosciuti, strane forme di vita dai contorni vaghi e incerti, pesci e alghe. Sulle Azzorre ha lasciato pagine vivissime, ma più di tutto mi ha colpito la sua descrizione della fine di un capodoglio — rovina di un mastodontico animale che appare maestosa e terrificante quanto il naufragio di un transatlantico:

« ... I balenieri, per obbedire alle abituali prescrizioni delle autorità marittime, si affrettarono a portare in mare la carcassa del capodoglio la cui decomposizione avrebbe ammorbato rapidamente tutta la zona circostante. Non è questa un'impresa facile, perché se sembrerebbe sufficiente trascinare la carcassa a due o a trecento metri dalla riva e affidarla a una corrente favorevole che se la porti via, il vento che cambia capricciosamente può presto riportarla indietro; e può succedere addirittura che i balenieri tentino per giorni e giorni di liberarsi dalla massa puzzolente senza riuscirvi. Se poi il mare si infuria può succedere che l'indesiderato cascame venga inchiodato dai flutti sotto falesie inaccessibili dove, per la pesantezza del suo fetore, costituirà per mesi e mesi un supplizio per gli abitanti della regione. Finalmente, in una bella giornata di sole, l'intestino grosso, gonfio di gas, scoppia fragorosamente e ricopre la zona circostante di residui che costituiscono un ghiotto cibo per i multicolori granchi becchini. A volte questi sinistri animali si danno appuntamento, per il loro laido ' five o'clock ', con eleganti gamberetti che portano a spasso le loro delicate antenne sull'enorme torta, se l'alta marea è così gentile da funzionare per questi ultimi come mezzo di trasporto. Comunque vadano le cose, insomma, il povero capodoglio percorre progressivamente la via della disfatta, dalla prima ferita infertagli dall'uomo fino all'azione delle infime creature che lo avviano al compimento del ciclo fatale in cui si risolve il destino degli esseri viventi. La morte dei capodogli è maestosa come un enorme crollo, e nella necropoli che i balenieri allestiscono nelle piccole insenature, le loro macerie si accumulano come le rovine di una cattedrale ».

A lungo ho portato nella memoria una frase di Chateaubriand: *Inutile phare de la nuit.* Credo di averle sempre attribuito un potere di disincantato conforto: come quando ci si attacca a qualcosa che si rivela un *inutile phare de la nuit* eppure ci consente di fare qualcosa solo perché credevamo nella sua luce: la forza delle illusioni. Nella mia memoria questa frase si associava al nome di un'isola lontana e improbabile: *Ile de Pico, inutile phare de la nuit.*

Quando avevo quindici anni lessi *Les Natchez*, libro incongruo e assurdo e a suo modo magnifico. Me lo regalò un mio zio che coltivò per tutta la sua non lunga vita il sogno di fare l'attore e che probabilmente amava in Chateaubriand la teatralità e la scenografia. Il libro mi affascinò, prese per mano la mia immaginazione e la trascinò con prepotenza fra le quinte dell'avventura. Ne ricordo alcuni passaggi con molta esattezza e per anni ho creduto che la frase del faro gli appartenesse. Mi è venuta l'idea di citare il brano esatto in questo mio quaderno, così ho letto di nuovo *Les Natchez*, ma non ho trovato la mia frase. Prima ho pensato che mi fosse sfuggita perché avevo riletto il libro con la fretta di chi cerca semplicemente una citazione. Poi ho capito che non trovare una frase come questa appartiene al senso più intimo della frase stessa e ciò mi ha confortato. Mi sono anche domandato quale parte abbia potuto avere la forza evocatrice e di suggestione, magari inconscia, di questa frase a chiamarmi in un'isola dove non c'era nulla che là mi chiamasse. A volte i passi della nostra vita possono essere guidati anche dalla combinazione di poche parole.

Mi resta da dire che a Pico, la notte, non brilla nessun faro.

Breezy e Rupert mi invitano sulla loro barca per un bicchiere d'addio. Partono nel pomeriggio perché per uscire approfittano della calma delle sette, che funziona anche qui. L'« Amadeus » è ormeggiato di fronte ai depositi d'acqua, è azzurro e bianco, dondola, e mi sembra impossibile che una barca così piccola possa attraversare gli oceani.

Rupert ha i capelli molto rossi, le lentiggini, un volto divertente da Danny Kaye. Forse mi ha detto che è scozzese o forse io lo considero tale per la fisionomia. A Londra lavorava in una compagnia di navigazione: anni e anni seduto a un tavolo, con la luce elettrica accesa, a sognare i porti lontani da cui arrivavano merci esotiche. Così un giorno ha chiesto la liquidazione, ha venduto quel che aveva di suo e si è comprato questa barca. Anzi, se l'è fatta costruire apposta su un disegno di un architetto nautico nuovaiorchese – e quando scendo nell'« Amadeus » capisco che non è esattamente quel fragile guscio di noce che sembra visto da terra. Breezy è andata con lui e ora vivono sulla barca. Benvenuto a casa nostra, dicono ridendo. Breezy ha un viso aperto e molto cordiale, uno splendido sorriso e porta un lungo vestito a fiori come se dovesse affrontare un garden-party e non una traversata oceanica. L'interno è di legno pregiato e di stoffa dai colori caldi, dà subito una sensazione di conforto e di sicurezza. C'è una piccola e nutrita biblioteca. Mi metto a curiosare: Melville, naturalmente, e Conrad e Stevenson. Ma anche Henry James, Kipling, Shaw, Wells, i *Dubliners*, Maugham, Forster, Joyce Cary, M. E. Bates. Prendo il *Jacaranda Tree* e inevitabilmente il discorso finisce sul Brasile. Loro sono arrivati solo fino a Fortaleza do Ceará, scendendo lungo le coste dell'America. Ma il Brasile se lo riservano per un'altra volta, prima Rupert deve organizzare il noleggio dell'« Amadeus » per una piccola crociera di lusso. È così che vivono, noleggiando la barca, e di solito Rupert resta a fare da marinaio. Il resto della vita è tutto loro.

Alziamo i bicchieri in un brindisi al viaggio. Abbiate buoni venti, auguro, ora e sempre. Rupert fa scorrere lo sportello di uno scaffale e introduce un nastro nell'impianto stereofonico. È il *Concerto K 271* per piano e orchestra di Mozart, e solo ora capisco perché la barca si chiama « Amadeus ». Nello scaffale c'è una nastroteca completa di Mozart, catalogata con estrema cura. Penso che Rupert e Breezy attraversano i mari accompagnati dai clavicembali e dalle melodie mozartiane, e la cosa mi sembra di una strana bellezza, forse perché ho sempre associato la musica all'idea della terraferma, del teatro o di una stanza ovattata e in penombra. La musica assume un andamento solenne e ci avvolge. I bicchieri sono vuoti, ci alziamo e ci diamo un abbraccio. Rupert mette in moto il motore, infilo la scaletta e con un salto sono sul molo. C'è una luce morbida sulla chiostra di case di Porto Pim. L'« Amadeus » fa una virata ampia e parte velocemente. Breezy è al timone e Rupert sta issando la vela. Resto ad agitare la mano finché l'« Amadeus », già con tutte le vele spiegate, non guadagna il largo.

Per i navigatori che si fermano a Horta è norma lasciare sulla muraglia del molo un disegno, un nome, una data. È un muro lungo un centinaio di metri dove si sovrappongono disegni di barche, colori di bandiere, numeri, frasi. Ne riporto una fra le tante: *Nat, da Brisbane. Vado dove mi porta il vento.*

Nel luglio del 1895 i venti spinsero fino a Horta il capitano Joshua Slocum, il primo navigatore solitario intorno al mondo. La sua barca si chiamava « Spray », e a vederla in fotografia sembra un barcozzo goffo e insicuro, adatto più a una navigazione fluviale che a un viaggio intorno al mondo. Sulle Azzorre il capitano Slocum ha lasciato alcune pagine assai belle. Le leggo nel suo *Sailing Alone around the World*, in una vecchissima edizione con una copertina adornata da un festone di ancore.

I venti spinsero qui anche l'unica donna baleniera di cui abbia conoscenza. Si chiamava Miss Elisa Nye, aveva diciassette anni e per raggiungere alle Azzorre il nonno materno, il naturalista Thomas Hickling, che l'aveva invitata a passare un anno nella sua casa di São Miguel, non esitò a imbarcarsi sulla baleniera « Sylph », che faceva vela da New Bedford alle « Isole Occidentali », come gli americani chiamavano allora le Azzorre. Miss Elisa era una ragazza intraprendente e sveglia, allevata in una famiglia americana dalle abitudini puritane e frugali. Sulla baleniera non si perse d'animo e fece del suo meglio per rendersi utile. Il suo viaggio durò dal dieci di luglio al tredici di agosto del 1847. Nel suo simpatico diario, redatto con sveltezza e disinvoltura, parla del mare, del vecchio capitano Gardner, burbero e paterno, dei delfini, dei pescicani e naturalmente delle balene. Nei momenti liberi, oltre che attendere al suo diario, leggeva la Bibbia e *The Corsair* di Byron.

« Peter's Bar » è un caffè sul porto di Horta, vicino al club nautico. È qualcosa a metà fra la taverna, il punto di ritrovo, un'agenzia di informazioni e un ufficio postale. Lo frequentano i balenieri, ma anche la gente delle barche che fanno la traversata atlantica o altri percorsi maggiori. E poiché i navigatori sanno che Faial è un punto d'appoggio obbligatorio e tutti passano di qua, « Peter's » è diventato il destinatario di messaggi precari e fortunosi che altrimenti non avrebbero altro indirizzo. Sul bancone di legno del « Peter's » sono attaccati biglietti, telegrammi, lettere nell'attesa che qualcuno venga a reclamarli. *For Regina, Peter's Bar, Horta, Azores*, dice una busta con un francobollo canadese. *Pedro e Pilar Vazquez Cuesta, Peter's Bar, Azores*: una lettera dall'Argentina, ed è arrivata ugualmente. Un biglietto già un po' ingiallito dice: *Tom, excuse-moi, je suis partie pour le Brésil, je ne pouvais plus rester ici, je devenais folle. Écris-moi, viens, je t'attends. C/o Enghenheiro Silveira Martins, Avenida Atlântica 3025, Copacabana. Brigitte.* E un altro implora: *Notice. To boats bound for Europe. Crew available!!! I am 24, with 26.000 miles of crewing/ cruising/cooking experience. If you have room for one more, please leave word below! Carol Shepard.*

È snella, molto affusolata, è stata costruita con materiale di prima qualità. Deve aver navigato abbastanza. In questo porto è arrivata per caso. I viaggi sono un caso, del resto. Si chiama « Nota azzurra ».

Monti di fuoco, vento e solitudine. Così descriveva le Azzorre, nel Cinquecento, uno dei primi viaggiatori portoghesi che vi sbarcò.

Antero de Quental. Una vita

Antero arrivò come ultimo di nove figli in una grande famiglia delle Azzorre che possedeva pascoli e aranceti, e la sua infanzia conobbe l'austera e frugale agiatezza dei proprietari isolani. Ebbe fra i suoi antenati un astronomo e un mistico i cui ritratti, assieme con quello del nonno, ornavano le pareti di un salotto scuro che odorava di canfora. Suo nonno si chiamava André da Ponte Quental e aveva vissuto l'esilio e il carcere per aver partecipato alla prima rivoluzione liberale del 1820. Questo glielo raccontava suo padre, un uomo gentile che amava i cavalli e che aveva combattuto nella battaglia di Mindelo contro gli assolutisti.

I suoi primi anni ebbero per compagnia piccoli puledri pezzati e le nenie arcaiche di serve che venivano dai monti di São Miguel, dove i villaggi sono di lava e hanno nomi come Caldeiras e Pico do Ferro. Era un bambino sereno e pallido, di pelo rossiccio e di occhi così chiari che a volte parevano trasparenti. Passava le mattine nel patio di una casa massiccia, dove le donne tenevano le chiavi degli armadi e le finestre avevano tende di trina grossa. Egli correva e lanciava piccoli gridi allegri, e era felice. Amava molto il fratello maggiore, nel quale una silenziosa follia ottenebrava per lunghi periodi un'intelligenza rara e bizzarra: con lui inventò un gioco che chiamavano *Il Cielo e la Terra*, dove le pedine erano ciottoli e conchiglie, e che giocavano su una scacchiera circolare tracciata nella polvere.

Quando il bambino fu in età di apprendere, il padre chiamò in casa il poeta portoghese Feliciano de Castilho e gliene affidò l'istruzione. Castilho era ritenuto allora un grande poeta, forse in virtù delle sue versioni da Ovidio e da Goethe, e forse anche per la sua disgraziata cecità che talvolta conferiva ai suoi versi un tono di vate assai amato dai romantici. In realtà era un erudito stizzoso e burbero che prediligeva la Retorica e la Grammatica. Con lui il piccolo Antero imparò il latino, il tedesco e la metrica. E fra questi studi raggiunse l'adolescenza.

Una notte d'aprile in cui aveva compiuto il suo quindicesimo anno, Antero si svegliò di soprassalto e sentì che doveva andare al mare. Era una notte calma e la luna era crescente. Tutta la casa dormiva e il vento gonfiava le tende di trina. Si vestì in silenzio e scese verso la scogliera. Si sedette su una roccia e guardò il cielo, cercando di indovinare che cosa poteva averlo indotto ad andare in quel luogo. Il mare era tranquillo e respirava come se dormisse, e la notte era uguale a tutte le altre notti. Solo che egli sentiva una grande inquietudine, come un'ansia

42

che gli opprimesse il petto. E in quel momento percepì un sordo muggito che proveniva dalla terra, la luna si fece di sangue e il mare si gonfiò come un ventre enorme e si abbatté sulle rocce. La terra tremò e gli alberi si piegarono alla forza di un vento impetuoso. Antero corse attonito a casa e trovò la famiglia riunita nel patio; ma ormai il pericolo era passato e nelle donne il pudore per le vesti notturne era già superiore allo spavento subìto. Prima di tornare a letto Antero prese un pezzo di carta e scrisse in fretta, senza riuscire a controllarsi, delle parole. E mentre scriveva si accorse che le parole si andavano ordinando sul foglio, quasi da sole, secondo la combinazione metrica del sonetto: ed egli lo dedicò, in latino, al dio ignoto che glielo stava ispirando. Quella notte dormì serenamente e all'alba sognò una piccola scimmia dal muso ironico e triste che gli tendeva un biglietto. Lui lo leggeva e capiva un segreto che non era dato a nessuno di sapere e che solo l'animale conosceva.

Si andava facendo uomo. Studiava l'astronomia e le geometrie, si lasciò sedurre dall'ipotesi cosmogonica di Laplace, dall'idea dell'unità delle forze fisiche e dalla concezione matematica dello Spazio. La sera scriveva i suoi piccoli congegni misteriosi e astratti nei quali traduceva in parole la sua idea della macchina cosmica. Si era ormai rassegnato a sognare la piccola scimmia dal muso ironico e triste e quasi si stupiva le notti in cui essa non lo visitava.

Quando fu in età degli studi universitari partì

per Coimbra, come voleva la tradizione familiare, e annunciò che era venuto il momento di lasciare lo studio delle leggi cosmiche e di dedicarsi a quelle degli uomini. Era diventato un giovane alto e massiccio, con una barba bionda che gli dava un aspetto maestoso, quasi superbo. A Coimbra conobbe l'amore, lesse Michelet e Proudhon e invece che per le leggi che applicavano la giustizia di allora si entusiasmò per l'idea di una giustizia nuova che parlava dell'uguaglianza e della dignità degli uomini. Seguì questa idea con la passione che gli veniva dai suoi antenati isolani, ma anche con la ragione dell'uomo che era, perché era convinto che la giustizia e l'uguaglianza partecipassero della geometria del mondo. Nella forma chiusa e perfetta del sonetto iscrisse l'ardore che lo dominava e la sua ansia di verità. Partì per Parigi e si fece tipografo, come un altro avrebbe potuto farsi monaco, perché voleva conoscere la fatica del corpo e la concretezza degli utensili. Dopo la Francia partì per l'Inghilterra e per gli Stati Uniti, visse a New York e a Halifax, per conoscere le nuove metropoli che l'uomo stava costruendo e le diverse maniere di vivere in esse. Quando tornò in Portogallo era diventato socialista. Fondò l'associazione nazionale dei lavoratori, viaggiò e fece proseliti, visse fra i contadini, passò per le sue isole come un tribuno dall'orazione rovente, conobbe l'arroganza dei potenti, le lusinghe degli scaltri, la pavidità dei servi. Lo animava lo sdegno, e scrisse sonetti di sarcasmo e di furore. Conobbe anche il tradimento di certi compagni e l'ambigua al-chimia di chi riesce a coniugare il vantaggio comune con il proprio vantaggio.

Capì che doveva lasciare ad altri, più abili di lui, di proseguire l'opera che egli aveva iniziato, quasi come se essa non gli appartenesse più. Era il mo-mento di uomini pratici, ed egli non lo era: e questo gli dette un senso di desolazione, come un bambino che perde l'innocenza e scopre d'improvviso la vol-garità del mondo. Non aveva ancora cinquant'anni e il suo volto era molto segnato. Gli occhi si erano fatti incavati e la barba tendeva alla canizie. Comin-ciò a soffrire d'insonnia e a dare gridi sommessi nei rari momenti di riposo. A volte sentiva che le sue parole non gli appartenevano e frequentemente si sorprendeva a parlare da solo come se fosse un altro che parlava con lui. Un medico di Parigi gli diagno-sticò l'isteria e gli prescrisse una cura elettrica. An-tero annotò di soffrire di infinito, e forse è una ma-lattia più plausibile per lui. Forse era solo stanco della forma transitoria e imperfetta dell'ideale e del-la passione, e la sua ansia si rivolgeva ormai a un altro ordine geometrico. Nei suoi scritti cominciò ad apparire la parola Nulla, che gli pareva la forma più perfetta di perfezione. Entrava nel suo quaranta-novesimo anno e fece ritorno alla sua isola.

La mattina dell'undici settembre del 1891 uscì dalla sua casa di Ponta Delgada, scese a piedi la ri-pida via ombreggiata fino alla Igreja Matriz ed en-trò in una piccola armeria d'angolo. Indossava un abito nero e sulla camicia bianca portava una cravatta fermata da una spilla con una conchiglia. Il proprietario era un uomo cordiale e obeso che amava i cani e le stampe antiche. C'era un ventilatore d'ottone che girava lentamente sul soffitto. Il proprietario mostrò al cliente una bella stampa seicentesca acquistata di recente che raffigurava una muta di cani all'inseguimento di un cervo. Il vecchio bottegaio era stato amico di suo padre, e Antero si ricordava che da bambino i due uomini lo portavano con loro alla fiera di Caloura, dove c'erano i cavalli più belli di São Miguel. Si trattennero a parlare a lungo di cani e di cavalli, poi Antero acquistò un piccolo revolver dalla canna corta. Quando uscì dal negozio il campanile della Matriz batteva le undici. Egli percorse lentamente tutto il lungomare fino alla capitaneria e indugiò a lungo sul molo a guardare i velieri. Poi attraversò la litoranea ed entrò nella piazza della Esperança circondata da magri platani. Il sole era feroce e tutto era bianco. La piazza era deserta, a quell'ora, per via del gran caldo. Un asino triste, legato all'anello di un muro, lasciava ciondolare la testa. Mentre attraversava la piazza Antero percepì una musica. Si fermò e si volse. All'angolo opposto, sotto l'ombra di un platano, c'era un girovago che suonava un organetto di barberia. Il girovago gli fece un cenno e Antero vi si diresse. Era uno zingaro magro e teneva una scimmia su una spalla. Era un piccolo essere dal muso ironico e triste e portava una divisa rossa coi bottoni dorati.

Antero riconobbe la scimmia del suo sogno e capì chi fosse. L'animale gli tese la minuscola mano nera e Antero vi lasciò cadere una moneta. In cambio l'animale pescò un foglietto colorato fra i tanti che lo zingaro teneva infilati nel nastro del cappello e glielo porse. Egli lo prese e lo lesse. Attraversò la piazza e si sedette su una panchina sotto il fresco muro del convento della Esperança dove c'era un'ancora azzurra dipinta sulla calce della parete. Trasse il revolver dalla tasca, se lo portò alla bocca e premette il grilletto. Ebbe un attimo di stupore nel continuare a vedere la piazza, gli alberi, lo scintillio del mare e lo zingaro che suonava il suo organetto. Sentì un filo tiepido che gli scorreva nel collo. Fece scattare il meccanismo del revolver e fece fuoco una seconda volta. Allora lo zingaro sparì col paesaggio e le campane della Matriz cominciarono a suonare il mezzogiorno.

II

Di balene e balenieri

Alto mare

Sul finire dell'ultima guerra una balena esausta e forse malata si arenò sulla spiaggia di una cittadina tedesca, non saprei dire quale. Come la balena anche la Germania era esausta e malata, le città erano distrutte e la gente aveva fame. Gli abitanti della cittadina si recarono sulla spiaggia a vedere quel mastodontico visitante che stava lì, costretto a una innaturale immobilità, e respirava. Passò qualche giorno, ma la balena non morì. Tutti i giorni la gente andava a vedere la balena. In quella città nessuno sapeva come si uccide un animale che non è un animale ma un enorme cilindro scuro e lucido che fino allora avevano visto solo nelle illustrazioni. Finché un giorno qualcuno prese un grosso coltello, si avvicinò alla balena, cavò un cono di quella carne unta e se la portò frettolosamente a casa. Tutta la popolazione còminciò a cavare pezzi di balena. Vi andavano di notte, di nascosto, perché avevano vergogna gli uni degli altri, anche se sapevano che tutti facevano la stessa cosa. La balena continuò a vivere ancora per molti giorni, nonostante mostrasse delle piaghe orrende.

Questa storia me la raccontò una volta il mio amico Christoph Meckel. Credevo di averla cacciata dalla memoria e invece mi è tornata in mente all'improvviso quando sono sbarcato nell'isola di Pico e c'era una balena che galleggiava morta vicino alla scogliera.

Quando le balene galleggiano in mezzo all'oceano sembrano sottomarini alla deriva colpiti da un siluro. E nella loro pancia si immagina un equipaggio di tanti piccoli Giona, il cui radar è ormai inservibile, che hanno desistito dal mettersi in contatto con altri Giona e che aspettano con rassegnazione la morte.

Ho letto su una rivista scientifica che le balene comunicano fra loro con ultrasuoni. Hanno un udito finissimo e riescono a captare i loro richiami a centinaia di chilometri di distanza. Una volta i branchi comunicavano fra loro dalle più lontane posizioni del globo; di solito erano richiami amorosi o altri tipi di messaggi il cui significato per noi è ignoto. Ora che i mari sono pieni di rumori meccanici e di ultrasuoni artificiali, i messaggi fra le balene sono troppo disturbati perché esse possano afferrarli e decifrarli. Esse continuano a lanciarsi inutilmente segnali e richiami che vagano perduti negli abissi.

C'è una posa assunta dalle balene che i pescatori designano con l'espressione « balena morta » e che si verifica quasi sempre con animali adulti e isolati. Quando è « morta » la balena sembra abbandonata completamente alla superficie del mare, fluttuando senza sforzo apparente, come se fosse preda di un sonno profondo. I pescatori sostengono che questo fenomeno si verifica solo in giorni di pesante bonaccia o di sole intenso, ma le cause reali della catalessi cetacea restano ignote.

I balenieri sostengono che le balene restano totalmente indifferenti alla presenza umana anche durante la copula e che si lasciano avvicinare tanto da poterle toccare. L'atto sessuale si effettua per giustapposizione ventrale, come nella specie umana. Secondo i balenieri la coppia emergerebbe dalle acque con il muso, ma i naturalisti sostengono che la posizione dei cetacei è quella orizzontale e che la posizione verticale è solo un frutto dell'immaginazione dei pescatori.

Anche delle fasi del parto delle balene e dei primi momenti della vita del piccolo le cognizioni sono abbastanza scarse. Ad ogni modo qualcosa di « differente » da ciò che si conosce degli altri mammiferi marini deve succedere, affinché il piccolo non affoghi o non muoia asfissiato alla rottura del cordone ombelicale che lo lega al sistema vascolare materno. Com'è noto, i momenti del parto e della copula sono gli unici della vita degli altri mammiferi marini durante i quali essi sembrano ricordarsi della loro ancestralità terrestre; tanto che vengono a terra solo per accoppiarsi e per partorire, restandovi appena il tempo indispensabile alle prime fasi della vita del piccolo. Sarebbe dunque questo atto della vita terrestre l'ultimo a svanire dalla memoria fisiologica dei cetacei, che fra tutti i mammiferi acquatici sono quelli nei quali l'ancestralità terrestre è più remota.

« Nessun rapporto fra questa dolce razza di mammiferi che hanno come noi il sangue rosso e il latte, e i mostri delle età anteriori, orribili aborti del limo primigenio. Le balene, molto più recenti, trovarono un'acqua purificata, il mare libero e il globo in pace. Il latte del mare, il suo olio sovrabbondavano; il suo caldo grasso, animalizzato, fermentava con incredibile forza, voleva vivere. Essi lievitarono, si organizzarono in questi colossi, *enfants gâtés* della natura che essa dotò di forza incomparabile e di ciò che è più prezioso: il bel sangue rosso fuoco. Per la prima volta il sangue fece la sua comparsa. Ecco il vero fiore del mondo. Tutte le creature dal sangue scialbo, avaro, languido, vegetante, sembrano non avere cuore se paragonate alla vita generosa che ribolle in questa porpora, vi circoli la collera o l'amore. La forza del mondo superiore, il suo incanto, la sua bellezza è il sangue... Ma, con questo dono magnifico, aumenta infinitamente la sensibilità nervosa. Si è molto più vulnerabili, molto più capaci di soffrire e di godere. Poiché la balena non possiede assolutamente il senso della caccia, né ha l'odorato e l'udito molto sviluppati, tutto in lei è affidato al tatto. Il grasso, che la difende dal freddo, non la protegge affatto dagli urti. La sua pelle, disposta finemente in sei tessuti diversi, freme e vibra a ogni sollecitazione. Le papille tenere che la ricoprono sono strumenti di delicatissimo tatto. E tutto ciò è animato, vivificato da un fiotto di sangue rosso che, data anche la mole dell'animale, non è minimamente paragonabile per abbondanza a quello dei mammiferi terrestri. La balena ferita ne inonda il mare in un attimo, lo tinge di rosso a grande distanza. Il sangue che noi abbiamo a gocce le è stato prodigato a torrenti.

« La femmina porta nove mesi. Il suo latte saporito, un po' zuccherino, ha la dolcezza tiepida del latte di donna. Ma poiché essa deve sempre fendere le onde, se le mammelle fossero situate sul petto il piccolo sarebbe esposto a ogni urto possibile; e dunque esse sono situate un po' più in basso, in un luogo più riparato, sul ventre da dove il piccolo è uscito. E il figlio vi si rifugia, e gode dell'onda che la madre rompe per lui » (Michelet, *La Mer*, pag. 238).

Dicono che l'ambra grigia sia il residuo del guscio cheratinoso dei crostacei che la balena non riesce a digerire e che le si accumula in certi segmenti dell'intestino. Ma altri sostengono che è il risultato di un processo patologico, una specie di calcolosi intestinale circoscritta. Oggi l'ambra grigia è usata quasi esclusivamente nella fabbricazione di profumi di lusso, ma nella storia del suo commercio ha applicazioni tanto varie quanto lo è l'immaginazione umana: fu balsamo propiziatorio in riti religiosi, pomata afrodisiaca, testimone di dedizione religiosa per i pellegrini musulmani che visitavano la Pietra Nera della Mecca. Si dice che fosse un aperitivo indispensabile nei banchetti dei mandarini. Milton parla dell'ambra grigia nel *Paradise Lost*. Anche Shakespeare ne parla, non ricordo dove.

« L'amour, chez eux, soumis à des conditions difficiles, veut un lieu de profonde paix. Ainsi que le noble éléphant, qui craint les yeux profanes, la baleine n'aime qu'au désert. Le rendez-vous est vers les pôles, aux anses solitaires du Groënland, aux brouillards de Behring, sans doute aussi dans la mer tiède qu'on a trouvée près du pôle même.

« La solitude est grande. C'est un théâtre étrange de mort et de silence pour cette fête de l'ardente vie. Un ours blanc, un phoque, un renard bleu peut-être, témoins respectueux, prudents, observent à distance. Les lustres et girandoles, les miroirs fantastiques, ne manquent pas. Cristaux bleuâtres, pics, aigrettes de glace éblouissante, neiges vierges, ce sont les témoins qui siégent tout autour et regardent.

« Ce qui rend cet hymen touchant et grave, c'est qu'il y faut l'expresse volonté. Ils n'ont pas l'arme tyrannique du requin, ces attaches qui maîtrisent le plus faible. Au contraire, leurs fourreaux glissants les séparent, les éloignent. Ils se fuient malgré eux, échappent, par ce désespérant obstacle. Dans un si grand accord, on dirait un combat. Des baleiniers prétendent avoir vu ce spectacle unique. Les amants, d'un brûlant transport, par instants, dressés et debout, comme les deux tours de Notre-Dame, gémissant de leurs bras trop courts, entreprenaient de s'embrasser. Ils retombaient d'un poids immense... L'ours et l'homme fuyaient épouvantés de leurs soupirs » (Michelet, *La Mer*, pagg. 240-242). Troppo intenso e poetico è questo brano di Michelet per meritare l'appiattimento di una traduzione.

Ho immaginato che i giorni di pesante bonaccia e di sole intenso, quando sull'oceano grava una calura spessa, siano i rari momenti consentiti alle balene per ritornare con la memoria fisiologica alla loro ancestralità terrestre. È necessaria per loro una concentrazione tanto intensa e totale che cadono in un sonno profondo, come una morte apparente: e così galleggiando, come lucidi tronconi ciechi, esse riescono a ricordare, come in sogno, un passato remotissimo in cui le loro goffe pinne erano arti asciutti adatti a cenni, saluti, carezze, corse sull'erba fra fiori alti e felci, su una terra che era un magma di elementi ancora alla ricerca di una combinazione, una ipotesi.

I balenieri delle Azzorre raccontano che quando una balena adulta è arpionata a una distanza di cinque o sei miglia da un'altra, quest'ultima, anche se si trovava in uno stato di morte apparente, si risveglia bruscamente e fugge spaventata. Le balene cacciate alle Azzorre sono prevalentemente capodogli.

« *Capodoglio*. Questa balena, vagamente conosciuta fra gli antichi inglesi come Balena Trumpa o Fisiterio o Balena dalla Testa a Incudine, è l'attuale *Cachalot* dei francesi, il *Pottfisch* dei tedeschi e la *Macrocefala* delle parole lunghe. È senza dubbio il più grande abitante del globo, la più terribile a incontrarsi di tutte le balene, la più maestosa d'aspetto, e finalmente di gran lunga la più preziosa in commercio, essendo la sola creatura dalla quale si possa ricavare quella preziosa sostanza che è lo spermaceti. In molti altri luoghi mi diffonderò su tutte le sue caratteristiche; ora devo specialmente badare al suo nome: considerato filologicamente esso è assurdo. Qualche secolo fa, quando il capodoglio era quasi del tutto sconosciuto nella sua vera individualità e il suo olio si ricavava soltanto accidentalmente dai pesci arenati, in quei giorni lo spermaceti, sembra, era creduto volgarmente derivare da una creatura identica a quella allora conosciuta in Inghilterra come la Balena di Groenlandia o Franca. Pensavano altresì che questo stesso spermaceti fosse quel fecondante umore della Balena di Groenlandia che le due prime sillabe della parola letteralmente significano.

In quei tempi, inoltre, lo spermaceti era scarsissimo e non si usava per illuminare, ma soltanto come unguento e medicamento. Si poteva solo averlo dal farmacista, come si compra oggi un'oncia di rabarbaro. Secondo me, quando in processo di tempo si riconobbe la vera natura dello spermaceti, i negozianti mantennero il suo nome originario allo scopo di aumentarne il valore con un accenno così bizzarramente significativo della sua scarsezza » (Melville, *Moby Dick*, cap. xxxii, trad. di C. Pavese).

« I capodogli sono grandi cetacei che vivono in zone dei due emisferi ove la temperatura dell'acqua è abbastanza alta. Esistono differenze rilevanti fra la loro conformazione e quella delle balene: i fanoni, che guarniscono la bocca di queste ultime e che servono loro a triturare un cibo di piccole dimensioni, sono rimpiazzati nei capodogli da poderosi denti saldamente conficcati nella mascella inferiore e atti ad azzannare grosse prede; la loro testa, una massa enorme che termina verticalmente come la prua di un vascello, occupa un terzo di tutto il corpo. Queste divergenze anatomiche fra i due gruppi assegnano loro dei regni distinti: le balene trovano soprattutto nelle acque fredde delle regioni polari gli spessi banchi di microscopici organismi che esse assorbono con la stessa naturalezza con cui noi respiriamo; i capodogli invece si nutrono prevalentemente di cefalopodi che prosperano nelle acque tem-

perate. Ci sono poi nel comportamento di questi
giganti delle sostanziali differenze che i balenieri
hanno imparato a conoscere perfettamente nell'in-
teresse della loro stessa incolumità. Mentre le balene sono animali placidi, i vecchi capodogli maschi,
diventati solitari come è costume dei cinghiali, si
difendono e si vendicano. Molte baleniere afferrate
tra le mandibole di questi giganti dopo l'arpionatura
sono state fatte a pezzi; e molti equipaggi sono pe-
riti nella caccia » (Albert 1er Prince de Monaco, *La
Carrière d'un Navigateur*, pagg. 277-78).

« Non pochi di questi balenieri provengono dalle Azzorre, dove le navi del Nantucket dirette in mari
lontani approdano sovente per aumentare gli equipaggi con i coraggiosi contadini di queste coste rocciose. Non si sa bene perché, ma il fatto è che gli
isolani sono i balenieri migliori » (Melville, *Moby
Dick*, cap. xxvii, trad. di C. Pavese).

L'isola di Pico è un cono vulcanico che fuoriesce
di repente dall'oceano: è nient'altro che un'alta montagna scoscesa posata sull'acqua. Vi sono tre villaggi: Madalena, São Roque e Lajes; il resto è roccia
di lava sulla quale cresce talora uno sparuto vitigno
e qualche ananasso selvatico. Il piccolo ferry attrac-
ca al pontile di Madalena, è domenica e molte fa-
miglie si spostano fra le isole più vicine con ceste
e fagotti. Dai canestri escono ananassi, banane, bot-
tiglie di vino, pesci. A Lajes c'è un piccolo museo

delle balene e io voglio vederlo. Ma la corriera oggi fa orario ridotto perché è giorno festivo, e Lajes dista una quarantina di chilometri, all'altra estremità dell'isola. Mi seggo pazientemente su una panchina, sotto una palma, davanti alla strana chiesa della piazzetta. Avevo pensato di fare il bagno, è una bella giornata e la temperatura è gradevole. Ma sul ferry mi hanno messo in guardia, perché vicino alla scogliera c'è una balena morta e il mare è pieno di pescicani.

Dopo una lunga attesa nel caldo meridiano vedo un taxi che dopo aver sceso un passeggero sul porticciolo sta tornando indietro. Il guidatore mi offre gratuitamente un passaggio fino a Lajes, perché ha già effettuato la corsa e torna a casa; il prezzo che il passeggero ha pagato comprendeva anche il ritorno, e lui non vuole denaro che non gli spetta. A Lajes ci sono solo due taxi, mi dice con soddisfazione, il suo e quello di suo cugino. L'unica strada di Pico corre lungo la scogliera, con curve e sobbalzi, sopra un mare spumeggiante. È una strada stretta e sconnessa che attraversa un paesaggio pietroso e cupo, con rare case isolate. Scendo nella piazza principale di Lajes, che è un villaggio silenzioso dominato dall'incongruenza di un enorme convento settecentesco e dall'imponenza della stele di un *padrão*, il segnale di dominio in pietra che i navigatori portoghesi piantavano per conto del re nei luoghi dove approdavano.

Il museo delle balene è nella strada principale, al primo piano di una nobile casa restaurata. Mi fa da guida un giovanotto dall'aria vagamente ebete che adopera un linguaggio ovvio e cerimonioso. Mi interesso principalmente degli oggetti in avorio che i balenieri anticamente lavoravano, e poi dei libri di bordo e di certi arcaici utensili dalla foggia fantasiosa. Su una parete ci sono alcune vecchie fotografie. In una c'è scritto: *Lajes, 25 de Dezembro 1919.* Chissà come hanno fatto a trascinare il capodoglio fino al sagrato della chiesa. Ci devono essere volute alcune coppie di buoi. È un capodoglio spaventosamente grande, pare incredibile. Ci sono sei o sette ragazzini che gli si sono arrampicati sul capo: hanno appoggiato al muso una scala a pioli e di lassù sventolano cappelli e fazzoletti. I balenieri sono in fila in primo piano, con aria fiera e soddisfatta. Tre portano un berrettino di lana con il pon-pon, uno ha un cappello di tela incerata a foggia di pompiere. Sono tutti scalzi, solo uno calza degli stivali, deve essere il mastro. Credo che poi tutti uscirono dalla fotografia, si tolsero il cappello ed entrarono in chiesa, come se fosse la cosa più naturale del mondo lasciare una balena sul sagrato. Così passò il Natale a Pico, nel 1919.

Quando esco dal museo mi aspetta una sorpresa. Di fondo alla strada, sempre deserta, sbuca una filarmonica. Sono vecchi e ragazzi vestiti di bianco, con un cappello marinaresco; gli ottoni sono tirati a lustro e riflettono il sole, suonano in maniera eccellente un'arietta malinconica che pare un valzer. Li precede una ragazzina che regge un'asta sull'estremità della quale sono infilati due pani e una colomba di zucchero. Seguo il piccolo corteo nella sua solitaria sfilata lungo la strada principale fino a una casa dalle finestre azzurre. La banda si dispone a semicerchio e attacca a suonare una marcetta baldanzosa. Si apre una finestra e appare un vecchio dall'aria distinta che saluta, si inchina, sorride, sparisce e riappare poco dopo sulla soglia della porta. Lo attende un piccolo applauso, una stretta di mano del direttore della banda, un bacio della bambina. È certo un omaggio. A chi o a che cosa lo ignoro, ma chiederlo non ha molto senso. La brevissima cerimonia ha termine, la banda si dispone di nuovo su due file, ma invece di tornare indietro si dirige verso il mare, che è subito lì, in fondo alla strada. Suonano ancora, e io li seguo. Quando arrivano al mare si siedono sugli scogli, posano gli strumenti per terra e accendono delle sigarette. Chiacchierano e guardano il mare. Si godono la domenica. La bambina ha lasciato l'asta appoggiata a un lampione e gioca con una coetanea. La corriera strombazza, dall'altra parte del paese, perché alle sei fa l'unico viaggio per Madalena, e mancano cinque minuti.

« Si possono trovare, alle Azzorre, due specie di balenieri. I primi vengono dagli Stati Uniti a bordo di piccole golette che stazzano un centinaio di tonnellate. Sembrano equipaggi di pirati, grazie al miscuglio di razze di cui sono composti: negri, malesi, cinesi, individui indefinibili frutto di incroci cosmopoliti si trovano mescolati a disertori e farabutti che si sottraggono nell'oceano alla giustizia degli uomini. Una caldaia enorme occupa il centro della goletta: è qui che i pezzi di lardo tagliati dal capodoglio legato a una impalcatura sotto la murata si trasformano in olio mediante una cottura infernale tormentata dal beccheggio e dal rollio, mentre turbini di fumo nauseabondo si spargono tutt'intorno E quando il mare si agita, durante questa operazione, che spettacolo selvaggio! Infatti, piuttosto che rinunciare al frutto di una preda strappata eroicamente al ventre dell'Oceano, essi preferiscono mettere a repentaglio la loro vita. Per raddoppiare i cavi che reggono la balena all'impalcatura, alcuni uomini si avventurano, a rischio della vita, su quella enorme massa oleosa che il mare spazza con i flutti e che minaccia, con la sua mole sballottata dalle onde, di mandare in frantumi i fianchi della goletta. Dopo aver raddoppiato i cavi si aspetta, si prolunga il rischio fino al momento in cui esso non è più sostenibile. Allora si tagliano le gomene, e tutto l'equipaggio accompagna con le imprecazioni di una violenta collera la carcassa che si allontana sui flutti lasciando un terribile fetore al posto dei sogni di ricchezza che aveva suscitato.

« L'altra specie di balenieri è composta di persone più simili ai comuni mortali. Sono i pescatori delle isole, o anche agricoltori dallo spirito avventuroso, e talvolta dei semplici emigranti ritornati al loro paese con l'animo temprato da altri temporali nelle Americhe. In dieci formano l'equipaggio di due barche baleniere che appartengono a minuscole società con un capitale di circa trentamila franchi. Un terzo dei guadagni spetta agli azionisti, gli altri due sono divisi in parti uguali fra l'equipaggio. Le scialuppe baleniere, che sono mirabilmente costruite per la velocità, sono equipaggiate di vele, di remi, di pagaie, di un timone ordinario e di un remo-timone. Gli strumenti della caccia consistono in parecchi arpioni con la punta accuratamente riparata da una custodia, in varie lance dalla lama assai affilata e in cinque o seicento metri di corda disposta a spirale dentro canestri dai quali scorre verso una forcella drizzata sulla prua dell'imbarcazione.

« Queste piccole barche stanno in attesa rimpiattate in piccole spiagge o nelle insenature rocciose di quegli isolotti inospitali. Da un'altura dell'isola una vedetta scruta continuamente il mare come fanno i gabbieri sui vascelli; e quando avvista la colonna di vapore acqueo che i capodogli emettono dal loro sfiatatoio, la vedetta raduna i balenieri con un segnale convenuto. In pochi minuti le imbarcazioni prendono il mare, dirette verso il luogo in cui si consumerà il dramma » (Albert 1ᵉʳ Prince de Monaco, *La Carrière d'un Navigateur*, pagg. 280-283).

Da un regolamento

1. Dei cetacei

Art. 1. Il presente regolamento è valido per la pesca dei cetacei sottoindicati, quando essa si effettui nelle acque territoriali del Portogallo e delle isole che gli appartengono:

Capodoglio, *Physeter catodon* (Linnaeus).
Balena comune, *Baloenoptera physalus* (Linnaeus).
Balena azzurra, *Baloenoptera musculus* (Linnaeus).
Balena nana, *Baloenoptera acustorostrata* (Linnaeus).
Balena gobba o « Ampebeque », *Megaptera nodosa* (Linnaeus).

2. Delle imbarcazioni

Art. 2. Le imbarcazioni impiegate nella caccia sono le seguenti:

a) *Scialuppe baleniere.* Imbarcazioni a chiglia scoperta, con propulsione a remi o a vela, utilizzate nella caccia propriamente detta per arpionare o ammazzare i cetacei.

b) *Lance.* Imbarcazioni a propulsione meccanica utilizzate per l'assistenza alle scialuppe baleniere, per il rimorchio di tali imbarcazioni e dei cetacei uccisi. Possono eventualmente svolgere funzioni di caccia, circondando e arpionando i cetacei, quando se ne presenti la necessità e nei termini del presente regolamento.

Art. 44. A termine di legge le dimensioni delle scialuppe baleniere sono fissate secondo le seguenti misure: lunghezza, da 10 a 11,50 metri; larghezza, da 1,80 a 1,95 metri.

Art. 45. Le lance non possono avere un peso inferiore alle 4 tonnellate e una velocità inferiore agli 8 nodi.

Art. 51. Oltre agli utensili e agli attrezzi indispensabili alla caccia, tutte le imbarcazioni baleniere devono tenere a bordo le seguenti cose: un'ascia per tagliare il cavo dell'arpione ove se ne presenti la necessità; tre bandierine: una bianca, una azzurra e una rossa; una scatola di biscotti; un recipiente con acqua dolce; tre torce luminose di tipo *Holmes.*

3. Dell'esercizio della pesca

Art. 54. È espressamente proibito praticare la caccia ai cetacei con meno di due imbarcazioni.

Art. 55. È proibito lanciare l'arpione quando le imbarcazioni si trovino a una distanza tale l'una dall'altra da non potersi prestare soccorso mutuamente in caso di sinistro.

Art. 56. In caso di sinistro tutte le imbarcazioni che si trovino nei paraggi dell'incidente dovranno prestare aiuto ai sinistrati, anche se a tal uopo sarà necessario interrompere la caccia.

Art. 57. Se un uomo dell'equipaggio dovesse cadere in mare durante le operazioni di caccia, il mastro dell'imbarcazione nella quale l'incidente si sia verificato farà cessare ogni operazione, procedendo eventualmente alla recisione del cavo e occupandosi esclusivamente del recupero del naufrago.

Art. 57 A. Se sul luogo dell'incidente si trovasse un'imbarcazione comandata da un altro mastro, essa non potrà rifiutare l'assistenza necessaria.

Art. 57 B. Se l'uomo caduto in mare fosse il mastro, il comando passa all'arpioniere, al quale spetta far eseguire il regolamento di cui all'art. 57.

Art. 61. La direzione della caccia spetta al mastro più anziano, salvo accordo contrario dichiarato in precedenza.

Art. 64. Nel caso che in mare o sulla costa venissero trovati cetacei morti o agonizzanti, chi li trova deve comunicare immediatamente il fatto alle autorità marittime le quali si incaricheranno di procedere a verifica atta a rinvenire eventuali arpioni immatricolati. In caso positivo i cetacei saranno consegnati ai legittimi proprietari degli arpioni. Il ritrovatore avrà diritto a un compenso che sarà liquidato nei termini dell'art. 685 del Codice Commerciale.

Art. 66. È espressamente proibito lanciare sui cetacei arpioni sciolti (non assicurati alla barca col cavo) qualsiasi siano le circostanze, e chi lo fa non acquisisce alcun diritto sul cetaceo arpionato.

Art. 68. Nessuna imbarcazione potrà, senza previa autorizzazione, tagliare i cavi di altre imbarcazioni, a meno che non vi sia costretta da ragioni di pericolo.

Art. 69. Arpioni, cavi, segni matricolari etc. tro-

vati su un cetaceo da altre imbarcazioni saranno re-
stituiti ai legittimi proprietari senza che ciò com-
porti nessun tipo di remunerazione o di indennizzo.

Art. 70. È proibito arpionare o uccidere balene
del genere *Balaena*, volgarmente denominate *balene
franche*.

Art. 71. È proibito arpionare o uccidere le femmine sorprese durante l'allattamento o i balenotteri
ancora in età di allattamento.

Art. 72. Agli effetti della conservazione della
specie e di un migliore sfruttamento della caccia,
spetta al Ministro della Marina stabilire le misure
dei cetacei che possono essere catturati, stabilire epo-
che di divieto della caccia, limitare il numero dei cetacei cacciabili e fissare altre misure restrittive giu-
dicate necessarie.

Art. 73. La cattura dei cetacei per fini scienti-
fici può essere effettuata solo previa autorizzazione
ministeriale.

Art. 74. È espressamente proibito qualsiasi tipo
di caccia sportiva.

(*Regolamento della caccia ai cetacei*, pubblicato
sul « Diário do Governo » del 19.5.1954 e attualmente in vigore).

A Horta, la prima domenica di agosto, è la festa dei balenieri. Essi allineano le barche dipinte di
fresco nella baia di Porto Pim, la campana suona
brevemente un doppio rauco, arriva il prete e bene-
dice le barche. Poi si organizza una processione che

sale fino al promontorio che domina la baia, dove c'è la cappella di Nossa Senhora da Guia. Dietro al prete vengono le donne e i bambini, per ultimi i balenieri, ciascuno con l'arpione a spalla. Sono molto compunti e vestono di nero. Entrano tutti nella cappella per assistere alla messa e lasciano gli arpioni appoggiati al muro esterno, uno accanto all'altro, come altrove si appoggiano le biciclette.

La capitaneria è chiusa, ma il signor Chaves mi riceve ugualmente. È un uomo distinto e cortese, con un sorriso aperto e leggermente ironico, gli occhi azzurri di un qualche antenato fiammingo. Non ce n'è rimasti quasi più, mi dice, non credo sia facile trovare un imbarco. Domando se si riferisce ai capodogli, e lui ride divertito. No, dicevo di balenieri, specifica, sono emigrati tutti in America, tutti gli Azzorriani emigrano in America, le Azzorre sono deserte, non l'ha visto? Sì, certo, me ne sono accorto, dico, mi dispiace. Perché?, chiede lui. È una domanda imbarazzante. Perché le Azzorre mi piacciono, rispondo con poca logica. Allora le piaceranno di più deserte, obietta. E poi sorride come per farsi scusare di essere stato brusco. Ad ogni modo lei pensi a fare un'assicurazione sulla vita, conclude, altrimenti io non posso darle il permesso. A farla imbarcare ci penso io, parlerò col signor António José che forse domani salpa, pare che ci sia un branco in arrivo. Ma non le prometto un permesso superiore a due giorni.

Una caccia

È un branco di sei o sette, mi dice il signor
Carlos Eugénio mettendo in mostra nel sorriso sod-
disfatto una dentiera così smagliante che mi viene
fatto di pensare che se la sia costruita da solo con
avorio di capodoglio. Il signor Carlos Eugénio ha
settant'anni, è agile e ancora giovanile, è « mestre
baleeiro », che alla lettera significa « mastro baleniere », ma in realtà è il capitano di questa piccola
ciurma e ha potere di decisione assoluta su ogni operazione della caccia. La lancia a motore che guida la
spedizione è di sua proprietà, è una vecchia barca
di una decina di metri che lui manovra con economia
e disinvoltura; e anche con calma, tanto, mi dice,
le balene stanno sguazzando e non scapperanno. Ha
lasciato aperto il contatto radio con l'osservatore
che si trova su un faro dell'isola e che ci guida con
voce monotona e leggermente ironica, mi pare. Un
po' più a destra, Maria Manuela, dice la voce stridente, stai andando dove ti pare. « Maria Manuela »
è il nome della barca. Il signor Carlos Eugénio fa un
gesto di stizza, ma ride ancora, poi si rivolge al marinaio che è con noi, un uomo magro e svelto, quasi
un ragazzo, dagli occhi mobilissimi e la carnagione
scura. Guardiamo da noi, decide, e spegne la radio.
Il marinaio si arrampica agilmente sull'unico albero
della barca e si appollaia sul trespolo della sommità
incrociando le gambe. Anche lui indica a destra con
la mano, per un momento penso che le abbia avvi-

state, ma ignoro la semiologia dei balenieri, il signor Carlos Eugénio mi spiega che la mano aperta, con l'indice in alto, significa « balene in vista », e l'avvistatore non ha fatto questo cenno.

Butto uno sguardo alla scialuppa che stiamo trainando. I balenieri sono tranquilli, ridono e parlano fra loro ma le parole non arrivano fino a me, sembra che stiano facendo una gita. Sono in sei e stanno seduti sulle tavole stese di traverso sulla barca. L'arpioniere invece sta in piedi e sembra seguire con attenzione i gesti del nostro avvistatore: è un uomo con una enorme pancia e la barba folta, è giovane, non deve avere più di trent'anni, ho sentito che lo chiamano Chá Preto, cioè « Tè Nero », e fa di mestiere lo scaricatore nel porto di Horta. Appartiene alla cooperativa baleniera di Faial e mi hanno detto che è un arpioniere di eccezionale abilità.

Mi accorgo della balena quando essa è a non più di trecento metri: una colonna d'acqua che spruzza contro l'azzurro come quando si rompe una tubatura nella strada di una grande città. Il signor Carlos Eugénio ha spento il motore e la lancia continua a marciare per inerzia verso quella curiosa forma nera che pare un'enorme bombetta sull'acqua. Nella scialuppa i balenieri si stanno preparando in silenzio alle operazioni di attacco: sono tranquilli e svelti, risoluti, sanno a memoria i gesti da compiere. Remano con bracciate vigorose e pausate, in un attimo sono lontani, compiono un giro largo, puntano sulla balena di fronte, per evitare la coda e perché se l'avvicinassero dai lati sarebbero esposti ai suoi occhi. Quando sono a un centinaio di metri tirano i remi in barca e alzano una piccola vela triangolare. Tutti manovrano vela e corde: solo l'arpioniere è immobile sulla punta della prua: in piedi, con una gamba flessa in avanti e l'arpione imbracciato come se lo soppesasse, aspetta con concentrazione il momento propizio, quello in cui la barca sarà abbastanza vicina da consentirgli di colpire un punto vitale ma abbastanza lontana per non essere investita da un colpo di coda del cetaceo ferito. In pochi secondi tutto si compie con stupefacente rapidità. La barca fa una sterzata improvvisa mentre l'arpione sta ancora descrivendo in aria la sua parabola. Lo strumento di morte non viene scagliato dall'alto in basso, come mi aspettavo, ma dal basso in alto, come un giavellotto; ed è l'enorme peso del ferro e la velocità della ricaduta a trasformarlo in un proiettile micidiale. Quando l'enorme coda si alza e frusta prima l'aria e poi l'acqua, la scialuppa è già lontana, i rematori hanno ripreso a remare con furia e uno strano gioco di funi, che finora si svolgeva sotto l'acqua e che io non avevo visto, mi fa capire all'improvviso che anche la nostra lancia è collegata all'arpione, mentre la scialuppa baleniera ha mollato il suo cavo. Da un cesto di paglia posto in una cunetta nel mezzo della lancia comincia a srotolarsi una grossa fune che sfrigola guizzando in una forcella della prua, mentre il marinaio tuttofare provvede a refrigerarla con un secchio d'acqua affinché non si laceri per l'attrito. Poi il cavo si tende e noi partiamo di scatto, con un balzo, dietro alla balena ferita che fugge. Il signor Carlos Eugénio regge il timone e mastica il mozzicone di una sigaretta; il marinaio dalla faccia di ragazzo sorveglia preoccupato i movimenti del capodoglio: regge in mano una piccola ascia affilata pronto a recidere il cavo nel caso che il cetaceo si inabissi, perché ci trascinerebbe con sé sott'acqua. Ma la corsa affannosa dura poco, forse neppure un chilometro: la balena si ferma di botto, come esausta, e il signor Carlos Eugénio deve azionare l'elica al contrario affinché l'inerzia della spinta non ci faccia finire addosso al cetaceo immobile. Lo ha preso bene, dice con soddisfazione, e mette in mostra la sua scintillante dentiera. Quasi a conferma della sua affermazione, la balena, fischiando, solleva completamente il capo e respira; e il getto che sibila per aria è rosso di sangue, sul mare si allarga una pozza vermiglia e un pulviscolo di gocce rosse, portato dalla brezza, arriva fino a noi e ci sporca il viso e i vestiti. La scialuppa dei balenieri si è accostata al fianco della lancia: Chá Preto butta sul ponte i suoi strumenti e poi sale su con un'agilità veramente insospettata per un uomo della sua corporatura. Capisco che vuole portare l'attacco successivo dalla lancia, ma il « mestre » non sembra d'accordo: ne segue una confabulazione concitata dalla quale il marinaio col viso da ragazzo si tiene fuori. Poi evidentemente Chá Preto ha la meglio, si piazza a prua nella sua posizione di lanciatore di giavellotto, ora ha cambiato l'arpione con uno strumento di analoghe dimensioni ma dalla punta affilatissima a forma di cuore allungato, come un'alabarda. Il signor Carlos Eugénio avanza col motore al minimo, ci dirigiamo sulla balena che respira immobile nella pozza di sangue mentre la sua coda, inquieta, schiaffeggia l'acqua con movimenti spasmodici. Questa volta lo strumento di morte cala dall'alto verso il basso, scagliato obliquamente, e trafigge la carne molle come se fosse burro. Un tuffo: la grossa mole sparisce agitandosi sott'acqua. Poi affiora di nuovo la coda, impotente e penosa, come una vela nera. E infine il grosso capo emerge e ora sento il grido di morte, un lamento acuto come un sibilo, stridente, struggente, insostenibile.

La balena è morta, galleggia immobile. Il sangue coagulato forma un banco che pare corallo. Non mi ero accorto che il giorno era alla fine e il crepuscolo che cala mi sorprende. Tutto l'equipaggio è occupato con le operazioni di rimorchio, viene praticato frettolosamente un foro nella pinna della coda e vi passano un cavo con un bastone che fa da fermo. Siamo a più di diciotto miglia al largo, mi dice il signor Carlos Eugénio, ci vorrà una notte intera per rientrare, è un capodoglio sulle trenta tonnellate e la lancia dovrà andare a passo molto ridotto. In una curiosa cordata marina guidata dalla lancia e chiusa dalla balena, ci dirigiamo verso l'isola di Pico, alla fabbrica di São Roque. In mezzo c'è la scialuppa dei balenieri e il signor Carlos Eugénio mi invita a trasferirmici, perché così potrò riposare un po': il motore della lancia, sottoposto a un grande sforzo, fa un baccano infernale e sarebbe impossibile dormire. Ci accostiamo per il trasbordo e anche lui viene con me, affida la guida della lancia al giovane marinaio e a due rematori che prendono il nostro posto. I balenieri mi allestiscono un giaciglio vicino al timone; è calata la notte e sulla scialuppa hanno acceso due lanterne a petrolio. I pescatori sono sfiniti dalla stanchezza, hanno un volto tirato e serio, che la luce delle lanterne rende giallastro. Issano la vela per non essere un peso passivo che grava sullo sforzo della lancia, poi si sdraiano alla rinfusa sull'impiantito e cadono in un sonno profondo. Chá Preto dorme a pancia all'aria e russa sonoramente. Il signor Carlos Eugénio mi offre una sigaretta e mi parla dei suoi due figli, che sono emigrati in America e che non vede da sei anni. Sono tornati una sola volta, mi dice, forse torneranno l'estate prossima, vorrebbero che andassi da loro ma io voglio morire qui, a casa mia. Fuma lentamente e guarda il cielo stellato. Ma lei perché ha voluto partecipare a questa giornata, mi chiede, per semplice curiosità? Indugio pensando alla risposta: vorrei rispondergli la verità ma mi trattiene il timore che possa essere offensiva. Lascio penzolare una mano nell'acqua. Se allungassi il braccio potrei quasi toccare l'enorme pinna dell'animale che stiamo rimorchiando. Forse perché siete in estinzione entrambi, alla fine gli dico a bassa voce, voi e le balene, credo che sia per questo. Probabilmente si è addormentato, non replica nulla. Ma fra le dita gli brilla ancora la brace della sigaretta. La vela schiocca in maniera lugubre, i corpi immobili nel sonno sono piccoli mucchi scuri e la scialuppa scivola sull'acqua come un vascello fantasma.

Donna di Porto Pim. Una storia

Tutte le sere canto, perché mi pagano per questo, ma le canzoni che hai ascoltato erano *pesinhos* e *sapateiras* per i turisti di passaggio e per quegli americani che ridono là in fondo e che fra un po' se ne andranno barcollando. Le mie canzoni vere sono solo quattro *chamaritas*, perché il mio repertorio è poco, e poi io sono quasi vecchio, e poi fumo troppo, e la mia voce è roca. Mi tocca vestire questo *balandrau* azzorriano che si usava una volta, perché agli americani piace il pittoresco, poi tornano nel Texas e raccontano che sono stati in una bettola di un'isola sperduta dove c'era un vecchio vestito con un mantello arcaico che cantava il folclore della sua gente. Vogliono la « viola de arame », che dà questo suono di fiera malinconica, e io gli canto *modinhas* sdolcinate dove la rima è sempre la stessa, ma tanto loro non capiscono e come vedi bevono gin tonico. Ma tu, invece, cosa cerchi, che tutte le sere sei qui? Tu sei curioso e cerchi qualcos'altro, perché è la seconda volta che m'inviti a bere, ordini vino di *cheiro* come se tu fossi dei nostri, sei straniero e fai finta di parlare come noi, ma bevi poco e poi stai zitto e aspetti che parli io. Hai detto che sei scrittore, e forse il tuo mestiere ha qualcosa a che vedere col mio. Tutti i libri sono stupidi, c'è sempre poco di vero, eppure ne ho letti tanti negli ultimi trent'anni, non avevo altro da fare, ne ho letti molti anche italiani, naturalmente tutti in traduzione, quello che mi è piaciuto di più si chiamava *Canaviais no vento*, di una certa Deledda, lo conosci? E poi tu sei giovane e ti piacciono le donne, ho visto come guardavi quella donna molto bella dal collo lungo, l'hai guardata tutta la sera, non so se stai con lei, anche lei ti guardava e forse ti sembrerà strano ma tutto questo mi ha risvegliato qualcosa, dev'essere perché ho bevuto troppo. Ho sempre scelto il troppo, nella vita, e questa è una perdizione, ma non ci puoi far niente se sei nato così.

Davanti alla nostra casa c'era un'*atafona*, in quest'isola si chiamava così, era una specie di noria che girava in tondo, ora non esistono più, ti parlo di tanti anni fa, tu non eri ancora nato. Se ci penso sento ancora il cigolio, è uno dei rumori della mia infanzia che mi è restato nella memoria, mia madre mi mandava con la brocca a prendere l'acqua e io per alleviare la fatica accompagnavo il movimento con una ninna nanna, e a volte mi addormentavo davvero. Oltre la noria c'era un muro basso imbiancato a calce e poi lo strapiombo e in fondo il mare. Eravamo tre fratelli e io ero il più giovane. Mio padre era un uomo lento, misurato nei gesti e nelle parole, con gli occhi così chiari che parevano d'acqua, la sua barca si chiamava « Madrugada », che era anche il nome da casa di mia madre. Mio padre era baleniere, come lo era stato suo padre, ma in una certa epoca dell'anno, quando le balene non passano, praticava la pesca alle murene, e noi andavamo con lui, e anche nostra madre. Ora non si usa più così, ma quando io ero bambino si usava un rito che faceva parte della pesca. Le murene si pescano la sera, quando cresce la luna, e per chiamarle si usava una canzone che non aveva parole: era un canto, una melodia prima bassa e languida e poi acuta, non ho più sentito un canto con tanta pena, sembrava che venisse dal fondo del mare o da anime perdute nella notte, era un canto antico come le nostre isole, ora non lo conosce più nessuno, si è perduto, e forse è meglio così perché aveva con sé una maledizione o un destino, come una magia. Mio padre usciva con la barca, era notte, muoveva i remi piano, a perpendicolo, per non fare rumore, e noi altri, i miei fratelli e mia madre, ci sedevamo sulla falesia e cominciavamo il canto. C'erano volte che gli altri tacevano e volevano che chiamassi io, perché dicevano che la mia voce era melodiosa come nessun'altra e che le murene non resistevano. Non credo che la mia voce fosse migliore di quella degli altri: volevano che cantassi io solo perché ero il più giovane e si diceva che le murene amano le voci chiare. Forse era una superstizione senza fondamento, ma questo non importa.

Poi noi crescemmo e mia madre morì. Mio padre si fece più taciturno e a volte, la notte, stava seduto sul muro della falesia e guardava il mare. Ormai uscivamo solo per le balene, noi tre eravamo grandi e forti, e mio padre ci affidò arpioni e lance, come la sua età esigeva. Poi un giorno i miei fratelli ci lasciarono. Quello di mezzo partì per l'America, lo disse solo il giorno della partenza, io andai al porto a salutarlo, mio padre non venne. L'altro andò a fare il camionista in continente, era un ragazzo ridanciano che aveva sempre amato il rumore dei motori, quando la guardia repubblicana venne a comunicarci l'incidente io ero solo in casa e a mio padre lo raccontai a cena.

Continuammo noi due ad andare a balene. Ora era più difficile, bisognava affidarsi a braccianti di giornata, perché in meno di cinque non si può uscire, e mio padre avrebbe voluto che mi sposassi, perché una casa senza una donna non è una vera casa. Ma io avevo venticinque anni e mi piaceva giocare all'amore, tutte le domeniche scendevo al porto e cambiavo innamorata, in Europa era tempo di guerra e nelle Azzorre la gente andava e veniva, ogni giorno una nave attraccava qui o altrove, e a Porto Pim si parlavano tutte le lingue.

La incontrai una domenica sul porto. Vestiva di bianco, aveva le spalle nude e portava un cappello di trina. Sembrava scesa da un quadro e non da una di quelle navi cariche di persone che fuggivano nelle Americhe. La guardai a lungo e anche lei mi guardò.

È strano come l'amore può entrare dentro di noi. In me entrò col notare due piccole rughe accennate che aveva intorno agli occhi e pensai così: non è più tanto giovane. Pensai così perché forse a quel ragazzo che ero una donna matura sembrava più vecchia della sua età reale. Che aveva poco più di trenta anni lo seppi solo molto più tardi, quando sapere la sua età non serviva più a niente. Le detti il buongiorno e le chiesi se potevo esserle utile. Mi indicò la valigia che stava ai suoi piedi. Portala al *Bote*, mi disse nella mia lingua. Il *Bote* non è un luogo per signore, dissi io. Io non sono una signora, rispose, sono la nuova padrona.

La domenica seguente scesi di nuovo in città. Il *Bote* a quei tempi era un locale strano, non era esattamente una locanda per pescatori e io vi ero entrato solo una volta. Sapevo che c'erano due separé sul retro dove dicevano che si giocava di denaro, e la stanza del bar aveva una volta bassa, con una specchiera arabescata e i tavolini di legno di fico. I clienti erano tutti stranieri, pareva che fossero tutti in vacanza, in realtà passavano la giornata a spiarsi, ciascuno fingendo di essere di un paese che non era il suo, e negli intervalli giocavano a carte. Faial, in quegli anni, era un luogo incredibile. Dietro al bancone c'era un canadese basso, con le basette a punta, si chiamava Denis e parlava il portoghese come quelli di Cabo Verde, lo conoscevo perché il sabato veniva al porto a comprare il pesce, al

Bote si poteva cenare, la domenica sera. Fu lui che poi mi insegnò l'inglese.

Vorrei parlare con la padrona, dissi. La signora viene solo dopo le otto, rispose con superiorità. Mi sedetti a un tavolo e ordinai la cena. Verso le nove lei entrò, c'erano altri avventori, mi vide e mi fece un saluto distratto, e poi si sedette a un angolo dove c'era un vecchio signore coi baffi bianchi. Solo allora sentii quanto fosse bella, di una bellezza che mi faceva bruciare le tempie, era questo che mi aveva portato lì, ma fino a quel momento non ero riuscito a capirlo con esattezza. E in quel momento ciò che capivo mi si ordinò dentro con chiarezza e mi dette quasi una vertigine. Passai la sera a fissarla, coi pugni appoggiati alle tempie, e quando uscì la seguii a distanza. Lei camminava leggera, senza voltarsi, come chi non si preoccupa di essere seguito, attraversò la porta della muraglia di Porto Pim e cominciò a discendere la baia. Dall'altra parte del golfo, dove termina il promontorio, isolata fra le rocce, fra un canneto e una palma, c'è una casa di pietra. Forse l'hai già notata, ora è una casa disabitata e le finestre sono cadenti, ha qualcosa di sinistro, un giorno o l'altro crollerà il tetto, se non è già crollato. Lei abitava là, ma allora era una casa bianca con riquadri azzurri su porte e finestre. Entrò e chiuse la porta e la luce si spense. Io mi sedetti su uno scoglio e aspettai. A metà della notte si accese una finestra, lei si affacciò e io la guardai. Le notti sono silenziose a Porto Pim, basta sussurrare nel buio per sentirsi a distanza. Lasciami entrare, la supplicai. Lei chiuse la persiana e spense la luce. La luna stava sorgendo, con un velo rosso· di luna d'estate. Sentivo uno struggimento, l'acqua sciabordava attorno a me, tutto era così intenso e così irraggiungibile, e mi ricordai di quando ero bambino e la notte chiamavo le murene dalla falesia: e allora mi dette una fantasia, non seppi trattenermi, e cominciai a cantare quel canto. Lo cantai piano piano, come un lamento o una supplica, con una mano all'orecchio per guidare la voce. Poco dopo la porta si aprì e io entrai nel buio della casa e mi trovai fra le sue braccia. Mi chiamo Yeborath, disse soltanto.

Tu lo sai cos'è il tradimento? Il tradimento, quello vero, è quando senti vergogna e vorresti essere un altro. Io avrei voluto essere un altro quando andai a salutare mio padre e i suoi occhi mi seguivano mentre fasciavo l'arpione con la tela cerata e lo appendevo a un chiodo di cucina e mi mettevo a tracolla la viola che mi aveva regalato per i miei vent'anni. Ho deciso di cambiare mestiere, dissi rapidamente, vado a cantare in un locale di Porto Pim, verrò a trovarti il sabato. E invece quel sabato non andai, e nemmeno il sabato seguente, e mentendo a me stesso mi dicevo che sarei andato il sabato venturo. E così venne l'autunno, e passò l'inverno, e io cantavo. Facevo anche altri piccoli lavori, perché a volte certi avventori bevevano troppo e per sorreggerli o cacciarli era necessario un braccio robusto che Denis non possedeva. E poi ascoltavo quello che dicevano gli avventori che fingevano di stare in vacanza, è facile ascoltare le confidenze degli altri quando si è cantante di taverna, e come vedi è anche facile farne. Lei mi aspettava nella casa di Porto Pim e ormai non dovevo più bussare. Io le chiedevo: chi sei, da dove vieni?, perché non andiamo via da questi individui assurdi che fanno finta di giocare a carte, voglio stare con te per sempre. Lei rideva e mi lasciava intendere la ragione di quella sua vita, e mi diceva: aspetta ancora un po' e ce ne andremo insieme, devi fidarti di me, di più non posso dirti. Poi si metteva nuda alla finestra e guardava la luna e mi diceva: canta il tuo richiamo, ma sottovoce. E mentre io cantavo mi chiedeva che la amassi, e io la prendevo in piedi, appoggiata al davanzale, mentre lei guardava la notte come se aspettasse qualcosa.

Successe il dieci di agosto. Per San Lorenzo il cielo è pieno di stelle cadenti, ne contai tredici tornando a casa. Trovai la porta chiusa, e io bussai. Poi bussai di nuovo, con più forza, perché la luce era accesa. Lei mi aprì e restò sulla porta, ma io la scostai con un braccio. Parto domani, disse, la persona che aspettavo è tornata. Sorrideva come se mi ringraziasse, e chissà perché pensai che pensava al mio canto. In fondo alla stanza una figura si mosse. Era un uomo anziano e si stava vestendo. Che cosa vuole?, le chiese in quella lingua che io ora capivo. È ubriaco. disse lei, una volta faceva il baleniere ma ha lasciato l'arpione per la viola, durante la tua assenza mi ha, fatto da servo. Mandalo via, disse lui senza guardarmi.

C'era un riflesso chiaro sulla baia di Porto Pim. Percorsi il golfo come se fosse un sogno, quando ci si trova subito all'altra estremità del paesaggio. Non pensai a niente, perché non volevo pensare. La casa di mio padre era spenta, perché lui si coricava presto. Ma non dormiva, come spesso succede ai vecchi che giacciono immobili nel buio come se fosse una forma di sonno. Entrai senza accendere il lume, ma lui mi sentì. Sei tornato, mormorò. Io andai alla parete di fondo e staccai il mio arpione. Mi muovevo alla luce della luna. Non si va alle balene a quest'ora di notte, disse lui dal suo giaciglio. È una murena, dissi io. Non so se capì cosa volevo dire, ma non replicò e non si mosse. Mi parve che mi facesse un segno di saluto con la mano, ma forse fu la mia immaginazione o un gioco d'ombra della penombra. Non l'ho più rivisto, morì molto prima che scontassi la mia pena. Anche mio fratello non l'ho più rivisto. L'anno scorso mi è arrivata una sua fotografia, è un uomo grasso coi capelli bianchi circondato da un gruppo di sconosciuti che devono essere i figli e le nuore, sono seduti sulla veranda di una casa di legno e i colori sono esagerati come nelle cartoline. Mi diceva che se volevo andare da lui, là c'è lavoro per tutti e la vita è facile. Mi è parso quasi buffo. Cosa vuol dire una vita facile, quando la vita è già stata?

E se tu ti trattieni ancora un po' e la voce non si incrina, stasera ti canterò la melodia che segnò il destino di questa mia vita. Non l'ho più cantata da trent'anni e può darsi che la voce non regga. Non so perché lo faccio, la regalo a quella donna dal collo lungo e alla forza che ha un viso di affiorare in un altro, e questo forse mi ha toccato una corda. E a te, italiano, che vieni qui tutte le sere e si vede che sei avido di storie vere per farne carta, ti regalo questa storia che hai sentito. Puoi anche mettere il nome di chi te l'ha raccontata, ma non quello con cui mi conoscono in questa bettola, che è un nome per i turisti di passaggio. Scrivi che questa è la vera storia di Lucas Eduino, che uccise con l'arpione la donna che aveva creduto sua, a Porto Pim.

Ah, su una sola cosa lei non mi aveva mentito, lo scopersi al processo. Si chiamava davvero Yeborath. Se questo può contare qualcosa.

Post Scriptum
Una balena vede gli uomini

Sempre così affannati, e con lunghi arti che spesso agitano. E come sono poco rotondi, senza la maestosità delle forme compiute e sufficienti, ma con una piccola testa mobile nella quale pare si concentri tutta la loro strana vita. Arrivano scivolando sul mare, ma non nuotando, quasi fossero uccelli, e danno la morte con fragilità e graziosa ferocia. Stanno a lungo in silenzio, ma poi tra loro gridano con furia improvvisa, con un groviglio di suoni che quasi non varia e ai quali manca la perfezione dei nostri suoni essenziali: richiamo, amore, pianto di lutto. E come dev'essere penoso il loro amarsi: e ispido, quasi brusco, immediato, senza una soffice coltre di grasso, favorito dalla loro natura filiforme che non prevede l'eroica difficoltà dell'unione né i magnifici e teneri sforzi per conseguirla.

Non amano l'acqua, e la temono, e non si capisce perché la frequentino. Anche loro vanno a branchi, ma non portano femmine, e si indovina che esse stanno ‘altrove, ma sono sempre invisibili. A volte cantano, ma solo per sé, e il loro canto non è un richiamo ma una forma di struggente lamento. Si stancano presto, e quando cala la sera si distendono sulle piccole isole che li conducono e forse si addormentano o guardano la luna. Scivolano via in silenzio e si capisce che sono tristi

Appendice
Una mappa, una nota, qualche libro

Una mappa

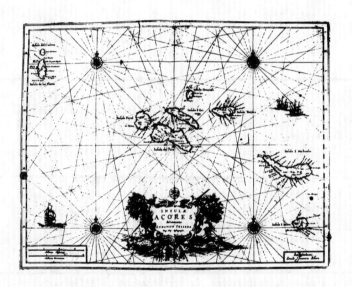

Una nota

In pieno Oceano Atlantico, a circa metà strada fra l'Europa e l'America, ad una latitudine Nord che varia da 36°55' a 39°44', e ad una longitudine compresa fra i 25° e i 31°, è situato l'arcipelago delle Azzorre, formato da nove isole: Santa Maria, São Miguel, Terceira, Graciosa, São Jorge, Pico, Faial, Flores, Corvo. L'arcipelago si estende per circa 600 Km. in direzione N.O. - S.E. Il nome è dovuto a un errore dei primi navigatori portoghesi che scambiarono per sparvieri (in portoghese « açores ») i numerosi nibbi che popolano le scogliere delle isole.

La colonizzazione portoghese iniziò nel 1432 e continuò per tutto il XV secolo, ma in tale epoca le Azzorre ricevettero anche una sensibile colonizzazione fiamminga, in seguito a matrimoni che imparentavano il trono portoghese con le Fiandre. I fiamminghi hanno lasciato una traccia evidentissima, oltre che nei tratti somatici degli abitanti, nella musica popolare e nelle tradizioni folcloriche in genere. La natura del suolo è di origine vulcanica. Le falesie costiere sono spesso lenzuola di lava durissima, mentre nelle zone pianeggianti esistono estensioni di pietra pomice ridotta in polvere. Le caratteristiche fisiche del paesaggio rivelano inequivocabilmente le tracce dell'attività vulcanica e sismica. Oltre a tutta una serie di attività vulcaniche minori (soffioni, geisers, fonti e fangaie calde, ecc.) abbondano i laghi vulcanici che hanno occupato antichi crateri e il paesaggio è spesso interrotto da profondi solchi scavati dalla lava ardente. L'interno e le montagne sono di una bellezza selvatica e non di rado lugubre. La cima più alta, con 2.345 metri, è Pico, nell'isola omonima. Le eruzioni vulcaniche di cui abbiamo notizia sono innumerevoli: i più spaventosi terremoti si verificarono nel 1522, nel 1538, nel 1591, nel 1630, nel 1755, nel 1810, nel 1862, nel 1884, nel 1957. Gli effetti del terremoto del 1978, di cui soffrì specialmente l'isola di Terceira, sono ben visibili per il viaggiatore che faccia sosta a Angra. Nel corso di questa incessante attività vulcanica il paesaggio delle Azzorre ha subìto notevoli mutamenti e innumerevoli isolotti sono affiorati e sono scomparsi. Il fatto più curioso in proposito è descritto dal capitano inglese Tillard, che a bordo del vascello da guerra « Sabrina » assistette nel 1810 alla nascita di un'isoletta sulla quale egli fece sbarcare due uomini con la bandiera inglese prendendone possesso in nome dell'Inghilterra e battezzandola « Sabrina ». Ma il giorno dopo, prima di salpare le ancore, il capitano Tillard dovette constatare con disappunto che l'isola di Sabrina era scomparsa e il mare era ritornato tranquillo come sempre.

Il clima delle Azzorre è mite, con piogge abbondanti ma di breve durata ed estati molto calde. La natura è rigogliosa e le specie vegetali innumerevoli. Ad una flora di tipo mediterraneo in cui predominano il cedro, l'arancio, la vite e il pino si sovrappone una vegetazione tropicale nella quale spiccano l'ananasso, il banano, il maracujá e una grande varietà di fiori. Abbondano gli uccelli e le farfalle. I rettili sono sconosciuti. La caccia alla balena, secondo i metodi arcaici descritti in questo libro, è praticata attualmente solo a Pico e a Faial. Nel nostro secolo una forte emigrazione, per ragioni di natura sostanzialmente economica, ha considerevolmente spopolato l'arcipelago. Corvo, Flores e Santa Maria sono pressoché disabitate.

Qualche libro

ALBERT 1er PRINCE DE MONACO, *La Carrière d'un Navigateur*, Monaco 1905 [senza indicazione dell'editore].

RAÚL BRANDÃO, *As Ilhas desconhecidas*, Bertrand, Rio-Paris 1926.

JOSEPH and HENRY BULLAR, *A Winter in the Azores and a Summer at the Furnas*, John van Voorst, London 1841.

Diário de Miss Nye, in « Insulana », vol. XXIX-XXX, Ponta Delgada 1973-74.

J. MOUSINHO FIGUEIREDO, *Introdução ao estudo da indústria baleeira insular*, Astória, Lisboa 1945.

GASPAR FRUTUOSO, *Saudades da Terra*, 6 voll., Lisboa 1569-1591 [una edizione moderna con ortografia attualizzata: Ponta Delgada 1963-64].

JULES MICHELET, *La Mer*, Hachette, Paris 1861.

ANTERO DE QUENTAL, *Sonetos*, Coimbra 1861 [innumerevoli edizioni successive].

Captain JOSHUA SLOCUM, *Sailing Alone around the World*, Rupert Hart-Davis, London 1940 [I edizione 1900].

BERNARD VENABLES, *Baleia! The Whalers of the Azores*, The Bodley Head, London-Sydney-Toronto 1968.

Indice

Donna di Porto Pim e altre storie

Prologo   9

Esperidi. Sogno in forma di lettera   13

I. NAUFRAGI, RELITTI, PASSAGGI, LONTANANZE

Piccole balene azzurre che passeggiano alle
Azzorre. Frammento di una storia   21

Altri frammenti   28

Antero de Quental. Una vita   41

II. DI BALENE E BALENIERI

Alto mare   51

Donna di Porto Pim. Una storia   78

Post Scriptum, una balena vede gli uomini   89

Appendice. Una mappa, una nota, qualche
libro   91

Questo volume è stato stampato
su carta Grifo vergata
delle Cartiere Miliani di Fabriano
nel mese di giugno 1997
presso la Nuova Graphicadue a Palermo

La memoria

1 Leonardo Sciascia. Dalle parti degli infedeli
2 Robert L. Stevenson. Il diamante del Rajà
3 Lidia Storoni Mazzolani. Il ragionamento del principe di Biscari a Madame N.N.
4 Anatole France. Il procuratore della Giudea
5 Voltaire. Memorie
6 Ivàn Turghèniev. Lo spadaccino
7 Il romanzo della volpe
8 Alberto Moravia. Cosma e i briganti
9 Napoleone Bonaparte. Clisson ed Eugénie
10 Leonardo Sciascia. Atti relativi alla morte di Raymond Roussel
11 Daniel Defoe. La vera storia di Jonathan Wild
12 Joseph S. Le Fanu. Carmilla
13 Héctor Bianciotti. La ricerca del giardino
14 Le avventure di Giuseppe Pignata fuggito dalle carceri dell'Inquisizione di Roma
15 Edmondo De Amicis. Il "Re delle bambole"
16 John M. Synge. Le isole Aran
17 Jean Giraudoux. Susanna e il Pacifico
18 Augusto Monterroso. La pecora nera e altre favole
19 André Gide. Il viaggio d'Urien
20 Madame de La Fayette. L'amor geloso
21 Rex Stout. Due rampe per l'abisso
22 Fiòdor Dostojevskij. Il villaggio di Stepàncikovo
23 Gesualdo Bufalino. Diceria dell'untore
24 Laurence Sterne. Per Eliza. Diario e lettere
25 Wolfgang Goethe. Incomincia la novella storia
26 Arrigo Boito. Il pugno chiuso
27 Alessandro Manzoni. Storia della Colonna Infame
28 Max Aub. Delitti esemplari
29 Irene Brin. Usi e costumi 1920-1940
30 Maria Messina. Casa paterna
31 Nikolàj Gògol. Il Vij
32 Andrzej Kuśniewicz. Il Re delle due Sicilie
33 Francisco Vásquez. La veridica istoria di Lope de Aguirre
34 Neera. L'indomani
35 Sofia Guglielmina margravia di Bareith. Il rosso e il rosa
36 Giuseppe Vannicola. Il veleno
37 Marco Ramperti. L'alfabeto delle stelle
38 Massimo Bontempelli. La scacchiera davanti allo specchio
39 Leonardo Sciascia. Kermesse

40 Gesualdo Bufalino. Museo d'ombre
41 Max Beerbohm. Storie fantastiche per uomini stanchi
42 Anonimo ateniese. La democrazia come violenza
43 Michele Amari. Racconto popolare del Vespro siciliano
44 Vernon Lee. Possessioni
45 Teresa d'Avila. Libro delle relazioni e delle grazie
46 Annie Messina (Gamîla Ghâlî). Il mirto e la rosa
47 Narciso Feliciano Pelosini. Maestro Domenico
48 Sebastiano Addamo. Le abitudini e l'assenza
49 Crébillon fils. La notte e il momento
50 Alfredo Panzini. Grammatica italiana
51 Maria Messina. La casa nel vicolo
52 Lidia Storoni Mazzolani. Una moglie
53 Martín Luis Guzmán. ¡Que Viva Villa!
54 Joseph-Arthur de Gobineau. Mademoiselle Irnois
55 Henry James. Il patto col fantasma
56 Leonardo Sciascia. La sentenza memorabile
57 Cesare Greppi. I testimoni
58 Giovanni Verga. Le storie del castello di Trezza
59 Henryk Sienkiewicz. Quo vadis?
60 Benedetto Croce. Isabella di Morra e Diego Sandoval de Castro
61 Diodoro Siculo. La rivolta degli schiavi in Sicilia
62 George Meredith. La vicenda del generale Ople e di Lady Camper
63 Bernardino de Sahagún. Storia indiana della conquista di Messico
64 Andrzej Kuśniewicz. Lezione di lingua morta
65 Maria Luisa Aguirre D'Amico. Paesi lontani
66 Giuseppe Antonio Borgese. Le belle
67 Luisa Adorno. L'ultima provincia
68 Charles e Mary Lamb. Cinque racconti da Shakespeare
69 Prosper Mérimée. Lokis
70 Charles-Louis de Montesquieu. Storia vera
71 Antonio Tabucchi. Donna di Porto Pim
72 Luciano Canfora. Storie di oligarchi
73 Giani Stuparich. Donne nella vita di Stefano Premuda
74 Wladislaw Terlecki. In fondo alla strada
75 Antonio Fogazzaro. Eden Anto
76 Anonimo. Storia del bellissimo Giuseppe e della sua sposa Aseneth
77 Vanni e Gian Mario Beltrami. Una breve illusione
78 Giorgio Pecorini. Il milite noto
79 Giuseppe Bonaviri. L'incominciamento
80 Leonardo Sciascia. L'affaire Moro
81 Ivàn Turghèniev. Primo amore
82 Nikolàj Leskòv. L'artista del toupet
83 Aleksàndr Puškin. La solitaria casetta sull'isola di Vasilij
84 Michaìl Culkòv. La cuoca avvenente
85 Anita Loos. I signori preferiscono le bionde
86 Anita Loos. Ma... i signori sposano le brune
87 Angelo Morino. La donna marina
88 Guglielmo Negri. Il risveglio
89 Héctor Bianciotti. L'amore non è amato
90 Joris-Karl Huysmans. Il pensionato signor Bougran
91 André Chénier. Gli altari della paura
92 Luciano Canfora. Il comunista senza partito

93 Antonio Tabucchi. Notturno indiano
94 Jules Verne. L'eterno Adamo
95 Manuel Vázquez Montalbán. Assassinio al Comitato Centrale
96 Julian Stryjkowski. Il sogno di Asril
97 Manuel Puig. Agonia di un decennio, New York '78
98 Victor Zaslavsky. Il dottor Petrov parapsicologo
99 Gesualdo Bufalino. Argo il cieco ovvero I sogni della memoria
100 Leonardo Sciascia. Cronachette
101 Enea Silvio Piccolomini. Storia di due amanti
102 Angelo Rinaldi. L'ultima festa dell'Empire
103 Luisa Adorno. Le dorate stanze
104 James M. Cain. Il bambino nella ghiacciaia
105 Enrico Job. La Palazzina di villeggiatura
106 Antonio Castelli. Passi a piedi passi a memoria
107 Wilkie Collins. Tre storie in giallo
108 Friedrich Glauser. Il grafico della febbre
109 Friedrich Grauser. Il tè delle tre vecchie signore
110 Mary Lavin. Eterna
111 Aldo Alberti. La Rotonda dei Massalongo
112 Senofonte. Le Tavole di Licurgo
113 Leonardo Sciascia. Per un ritratto dello scrittore da giovane
114 Mario Soldati. 24 ore in uno studio cinematografico
115 Denis Diderot. L'uccello bianco. Racconto blu
116 Joseph-Arthur de Gobineau. Adelaide
117 Jurij Tynjanov. Il sottotenente Summenzionato
118 Boris Hazanov. L'ora del re
119 Anatolij Mariengof. I cinici
120 I. Grekova. Parrucchiere per signora
121 Corrado Alvaro. L'Italia rinunzia?
122 Gian Gaspare Napolitano. In guerra con gli scozzesi
123 Giuseppe Antonio Borgese. La città sconosciuta
124 Antonio Aniante. La rosa di zolfo
125 Maria Luisa Aguirre D'Amico. Come si può
126 Sergio Atzeni. Apologo del giudice bandito
127 Domenico Campana. La stanza dello scirocco
128 Aldo Alberti. La Lega delle Dame per il trasferimento del Papato nelle Americhe
129 Friedrich Glauser. Il sergente Studer
130 Matthew Phipps Shiel. Il principe Zaleski
131 Ben Hecht. Delitto senza passione
132 Fernand Crommelynck. La martingala rovesciata
133 Rosa Chacel. Relazione di un architetto
134 Walter De la Mare. L'artigiano ideale
135 Ludwig Achim von Arnim. Passioni olandesi
136 Rudyard Kipling. L'uomo che volle essere Re
137 Senofonte. La tirannide
138 Plutarco. Sertorio
139 Cicerone. La repubblica luminosa
140 Luciano Canfora. La biblioteca scomparsa
141 Etiemble. Tre donne di razza
142 Marco Momigliano. Autobiografia di un Rabbino italiano
143 Irene Brin. Dizionario del successo dell'insuccesso e dei luoghi comuni
144 Giovanni Ruffini. Il dottor Antonio

145 Aleksej Tolstoj. Il conte di Cagliostro
146 Mary Lamb. La scuola della signora Leicester
147 Luigi Capuana. Tortura
148 Ljudmila Shtern. I Dodici Collegi
149 Diario di Esterina
150 Madame de Vandeul. Diderot, mio padre
151 Ortensia Mancini. I piaceri della stupidità
152 Maria Mancini. I dispiaceri del Cardinale
153 Francesco Algarotti. Saggio sopra l'Imperio degl'Incas
154 Alessandro Manzoni. Quell'innominato
155 Jerre Mangione. Ricerca nella notte
156 Friedrich Glauser. Krock & Co.
157 Cami. Le avventure di Lufock Holmes
158 Ivan Goncarov. La malattia malvagia
159 Fausto Pirandello. Piccole impertinenze
160 Vincenzo Consolo. Retablo
161 Piero Calamandrei. La burla di Primavera con altre fiabe, e prose sparse
162 Antonio Tabucchi. I volatili del Beato Angelico
163 Fazil' Iskander. La costellazione del caprotoro
164 Ramón Gómez de la Serna. Le Tre Grazie
165 Corrado Alvaro. La signora dell'isola
166 Nadezda Durova. Memorie del cavalier-pulzella
167 Boris Jampol'skij. La grande epoca
168 Vito Piazza. La valigia sotto il letto
169 Eustachy Rylski. Una provincia sulla Vistola
170 Jerzy Andrzejewski. Le porte del paradiso
171 Madame de Caylus. Souvenirs
172 Principessa Palatina. Lettere
173 Friedrich Glauser. Il Cinese
174 Friedrich Glauser. Il regno di Matto
175 Gianfranco Dioguardi. Ange Goudar contro l'Ancien régime
176 Palmiro Togliatti. Il memoriale di Yalta
177 Mohandas Karamchand Gandhi. Tempio di Verità
178 Seneca. La vita felice
179 John Fante. Una moglie per Dino Rossi
180 Antifonte. La Verità
181 Evgenij Zamjatin. Il destino di un eretico
182 Gaetano Volpi. Del furore d'aver libri
183 Domostroj ovvero La felicità domestica
184 Luigi Capuana. C'era una volta...
185 Roberto Romani. La soffitta del Trianon
186 Athos Bigongiali. Una città proletaria
187 Antoine Rivarol. Piccolo dizionario dei grandi uomini della Rivoluzione
188 Ling Shuhua. Dopo la festa
189 Plutarco. Il simposio dei sette sapienti
190 Plutarco. Anziani e politica
191 Giuseppe Scaraffia. Il mantello di Casanova
192 Enrico Deaglio. Cinque storie quasi vere
193 Aleksandr Bogdanov. La stella rossa
194 Eça de Queiroz, Ramalho Ortigão. Il mistero della strada di Sintra
195 Carlo Panella. Il verbale
196 Severino Cesari. Storie per quattro giornate
197 Charlotte Robespierre. Memorie sui miei fratelli

198 Fazil' Iskander. Oh, Marat!
199 Friedrich Glauser. I primi casi del sergente Studer
200
201 Adalbert Stifter. Pietra calcarea
202 Carlo Collodi. I ragazzi grandi
203 Valery Larbaud. Sotto la protezione di san Girolamo
204 Madame de Duras. Il segreto
205 Jurij Tomin. Magie a Leningrado
206 Enrico Morovich. I giganti marini
207 Edmondo De Amicis. Carmela
208 Luisa Adorno. Arco di luminara
209 Michele Perriera. A presto
210 Geoffrey Holiday Hall. La fine è nota
211 Teresa d'Avila. Meditazioni sul Cantico dei Cantici
212 Mary Mac Carthy. Un'infanzia ottocento
213 Giuseppe Tornatore. Nuovo Cinema Paradiso
214 Adriano Sofri. Memoria
215 Carlo Lucarelli. Carta bianca
216 Ameng di Wu. La manica tagliata
217 Athos Bigongiali. Avvertimenti contro il mal di terra
218 Elvira Mancuso. Vecchia storia... inverosimile
219 Eduardo Rebulla. Carte celesti
220 Francesco Berti Arnoaldi. Viaggio con l'amico
221 Julien Benda. L'ordinazione
222 Voltaire. L'America
223 Saga di Eirik il rosso
224 Cristoforo Colombo. Lettere ai reali di Spagna
225 Bernardino de Sahagún. I colloqui dei Dodici
226 Sergio Atzeni. Il figlio di Bakunìn
227 Giuseppe Gangale. Revival
228 Alfredo Panzini. La cagna nera
229 Giovanni Boccaccio, Francesco Petrarca. Griselda
230 Adriano Sofri. L'ombra di Moro
231 Diego Novelli. Una vita sospesa
232 Ousmane Sembène. La Nera di...
233 Eugenio Battisti. Il ricordo d'un canto che non sento
234 Wilkie Collins. Il truffatore truffato
235 Carlo Lucarelli. L'estate torbida
236 Michail Kuzmin. La prodigiosa vita di Giuseppe Balsamo, conte di Cagliostro
237 Nelida Milani. Una valigia di cartone
238 David Herbert Lawrence. La volpe
239 Ghassan Kanafani. Uomini sotto il sole
240 Valentino Bompiani. La conchiglia all'orecchio
241 Franco Vegliani. Storie di animali
242 Irene Brin. Le visite
243 Jorge de Sena. La finestra d'angolo
244 Sergio Pitol. Valzer di Mefisto
245 Cesare De Marchi. Il bacio della maestra
246 Salvatore Nicosia. Il segno e la memoria
247 Ramón Pané. Relazione sulle antichità degli indiani
248 Gonzalo Fernández de Oviedo. Sommario della storia naturale delle Indie
249 Pero Vaz de Caminha. Lettera sulla scoperta del Brasile

250 Felipe Guamán Poma de Ayala. Conquista del Regno del Perù
251 Gabriel-François Coyer. Come il prospero Chinki s'immiserì per la ricchezza della nazione
252 David Hume. Il caso di Margaret, detta Peg, unica sorella legitima di John Bull
253 José Bianco. Ombre
254 Marcel Thiry. Distanze
255 Geoffrey Holiday Hall. Qualcuno alla porta
256 Eduardo Rebulla. Linea di terra
257 Igor Man. Gli ultimi cinque minuti
258 Enrico Deaglio. Il figlio della professoressa Colomba
259 Jean Rhys. Smile please
260 Pierre Drieu la Rochelle. Diario di un uomo tradito
261 J. E. Austen-Leigh. Ricordo di Jane Austen
262 Caroline Commanville. Anche mio zio Gustave Flaubert era un letterato
263 Christopher Morley. Il Parnaso ambulante
264 Christopher Morley. La libreria stregata
265 Madame de Grafigny. Lettere di una peruviana
266 Roger de Bussy-Rabutin. Storia amorosa delle Gallie
267 Antonio Tabucchi. Sogni di sogni
268 Arnold Toynbee. Il mondo e l'Occidente
269 Ugo Baduel. L'elmetto inglese
270 Apuleio. Della magia
271 Giacomo Debenedetti. 16 ottobre 1943
272 Antonio Faeti. L'archivio di Abele
273 Maria Messina. L'amore negato
274 Arnaldo Fraccaroli. Tomaso Largaspugna uomo pubblico
275 Laura Pariani. Di corno o d'oro
276 Luisa Adorno. La libertà ha un cappello a cilindro
277 Adriano Sofri. Le prigioni degli altri
278 Renzo Tomatis. Il laboratorio
279 Athos Bigongiali. Veglia irlandese
280 Michail Kuzmin. Le avventure di Aymé Leboeuf
281 Concetto Marchesi. Il libro di Tersite
282 Lorenza Mazzetti. Il cielo cade
283 Marcella Olschki. Terza liceo 1939
284 Maria Occhipinti. Una donna di Ragusa
285 Steno. Sotto le stelle del '44
286 Antonio Tosti. Cri-Kri
287 Daniel Defoe. La vita e le imprese di Sir Walter Raleigh
288 Ronan Sheehan. Il ragazzo con la ferita all'occhio
289 Marcella Cioni. La corimante
290 Marcella Cioni. Il Narciso di Rembrandt
291 Colette. La gatta
292 Carl Djerassi. Il futurista e altri racconti
293 Voltaire. Lettere d'amore alla nipote
294 Tacito. La Germania
295 Friedrich Glauser. Oltre il muro
296 Louise de Vilmorin. I gioielli di Madame de ***
297 Walter De la Mare. La tromba
298 Else Lasker-Schüler. La gatta rossa
299 Cesare De Marchi. La malattia del commissario
300

301 Zlatko Dizdarevic. Giornale di guerra
302 Giuseppe Di Lello. Giudici
303 Andrea Camilleri. La forma dell'acqua
304 Andrea Camilleri. La stagione della caccia
305 Robert Louis Stevenson. Lettera al dottor Hyde
306 Robert Louis Stevenson. Weir di Hermiston
307 Dashiell Hammett. La ragazza dagli occhi d'argento
308 Carlo Bini. Manoscritto di un prigioniero
309 Vittorio Alfieri. Mirandomi in appannato specchio
310 Silvio d'Amico. Regina Coeli
311 Manuel Vázquez Montalbán. Il pianista
312 Ugo Pirro. Osteria dei pittori
313 Irene Brin. Cose viste 1938-1939
314 Enrique Vila-Matas. Suicidi esemplari
315 Sergio Pitol. La vita coniugale
316 Luis G. Martín. Gli oscuri
317 William Somerset Maugham. La villa sulla collina
318 James Barlow. Torno presto
319 Israel Zangwill. Il grande mistero di Bow
320 Pierluigi Celli. Il manager avveduto
321 Renato Serra. Esame di coscienza di un letterato
322 Sulayman Fayyad. Voci
323 Alessandro Defilippi. Una lunga consuetudine
324 Giuseppe Bonaviri. Il dottor Bilob
325 Antonio Tabucchi. Gli ultimi tre giorni di Fernando Pessoa
326 Denis Diderot. Il sogno di d'Alembert. Seguito da Il sogno di una rosa
di Eugenio Scalfari